LE PROTOCOLE EXPÉRIMENTAL

Diane Vincent

Le protocole expérimental

triptyque

Triptyque remercie le Conseil des arts du Canada
et la SODEC pour leur soutien financier.

SODEC
Québec

Programme de crédit d'impôt pour l'édition de livres – Gestion SODEC

Nous reconnaissons l'aide financière du gouvernement du Canada
par l'entremise du Fonds du livre du Canada pour nos activités d'édition.

Financé par le gouvernement du Canada | Canadä

Triptyque est une division du Groupe Nota bene.

Fréquenter les hôpitaux, la maladie et la souffrance est une expérience à la fois banale et unique. Je dédie ce livre à mes proches qui en ont parcouru certains corridors pendant que j'écrivais ce roman.

À Claude, mon ami

L'hiver est comme un maître qui nous apprend la patience.

Ayako MIURA, *Au col du mont Shiokari*.

La maladie aussi !

Vincent BASTIANELLO

En 1978, D. Jackson estimait que le traitement des brûlés ne posait pas de problèmes car peu survivaient jusqu'à une époque récente.

Christine DHENNIN, dans Christian ÉCHINARD et Jacques LATARJET (dir.), *Les brûlures*.

Ma chère Josette,

Au cours des dernières semaines, tu m'as soutenu, nourri, diverti et même secoué. Tu as surveillé les infirmières de près. Tu as défendu mes intérêts, pris en charge les tracasseries administratives et tenu les envahisseurs à distance. Tu as veillé sur Félix et fait en sorte qu'on se voie dans les meilleures conditions possibles. Je devrais t'en remercier. Pourtant, je n'arrive pas à ne pas t'en vouloir. Et cela n'a rien à voir avec le fait que tu te sois aussi occupée de mon chirurgien.

Je t'en veux de m'avoir menti, directement ou par omission ; je t'en veux pour le rôle que tu m'as attribué dans ma propre vie ; je t'en veux de m'avoir fait expérimenter ce dont tu es capable pour arriver à tes fins. Lorsque tu m'as entraîné malgré moi dans une histoire qui ne me concernait pas, as-tu voulu me sauver ou simplement te distraire ? La question est à ce point gravée dans mon esprit que je doute maintenant des motifs pour lesquels tu m'accompagnes depuis des années.

Au risque de te décevoir, je ne suis pas une machine à résoudre des énigmes et je ne vois pas le mal partout. Si un homme court dans la rue, je ne pense pas qu'il vient de braquer une banque. Quand un politicien meurt dans un accident, je ne déduis pas qu'il a été victime d'une conspiration. Je n'ai jamais cru à la thèse du complot contre la princesse Diana. Ni toi ni moi n'avions besoin de connaître les méfaits de mes voisins de chambre et encore moins les dessous inavouables de la médecine high-tech.

En faisant de moi à la fois Holmes et Watson, tu m'as obligé à sortir de ma léthargie. Bravo ! Tu as gagné ton pari. Mais as-tu sincèrement cru que ma guérison ne pouvait passer que par ce jeu de mauvais goût ? Es-tu consciente qu'il y a un prix à payer lorsqu'on gagne ?

Dans quelques minutes, on va me conduire au bloc et je serai dans le brouillard pendant des jours. Prends le temps de lire mon journal. Je te le donne, tu en feras ce que tu voudras. Au-delà des mots qui m'ont permis d'exprimer ma condition de patient, tu y trouveras le cheminement qui m'a mené du doute à la suspicion, puis à la découverte de faits que j'aurais préféré ne jamais connaître. À toi d'évaluer le rôle que tu as joué dans le piège qu'on m'a tendu et d'en mesurer les conséquences.

Josette, je sais que tu seras là à mon réveil, bienveillante. Je te sourirai, rassuré et, comme toujours, exigeant. Mais sache qu'au fond de moi, malgré moi, quelque chose a été brisé. Rien ne sera plus comme avant.

Ciao, bella.

V.

DERNIÈRE HEURE

Publication : 6 septembre 2012, 17 h 58

Nous venons d'apprendre qu'un violent incendie a complètement détruit une maison située dans le 3ᵉ Rang de Saint-Jean-sur-Richelieu. Les deux hommes qui se trouvaient à l'intérieur ont été transportés à l'Hôtel-Dieu de Montréal, souffrant de problèmes pulmonaires et de brûlures sévères.

Les victimes seraient Georges Goyette, un individu bien connu des milieux policiers, et Vincent Bastianello, inspecteur au SPVM. Goyette se trouvait seul à son domicile lorsque les policiers de la Sûreté du Québec s'y sont présentés, mais ces derniers, craignant des actes de violence, se seraient retranchés.

D'autres informations à venir.

Le Journal de Montréal, 10 septembre 2012

LE FEU À LA CABANE
Jean Duquette

Les circonstances entourant l'incendie qui a ravagé une maison devant une poignée de policiers impuissants jeudi dernier à Saint-Jean-sur-Richelieu se sont éclaircies au cours du week-end. Les deux victimes sont Georges Goyette, un homme ayant déjà séjourné en prison pour trafic de stupéfiants, proxénétisme et voies de faits graves, et l'inspecteur du SPVM Vincent Bastianello, qui possède une maison dans les environs. Après avoir interrogé quelques témoins, les enquêteurs retiennent l'hypothèse d'un geste « volontaire » : Goyette, fortement intoxiqué, aurait mis le feu à un bac de papiers pour faire obstruction aux agents venus l'appréhender, mais il n'aurait pas été en état de contrôler son propre incendie.

Hier soir, la Sûreté du Québec a tenu à préciser, de concert avec le SPVM, que l'inspecteur Bastianello n'a aucun lien avec le revendeur de drogue. Il s'agirait donc d'un élan altruiste qui a poussé le policier montréalais à sortir le malheureux du brasier. Mal lui en prit, car ses brûlures sont sévères et il devra subir une longue hospitalisation.

Maintenus aux soins intensifs pour une période indéterminée, ni l'inspecteur ni le malfrat n'étaient en mesure de répondre à mes questions. Cependant, l'infirmière de garde a laissé entendre que les deux patients sont soumis à des doses massives de narcotiques pour survivre : *« L'amalgame de désordres internes auxquels s'ajoutent ceux causés par les plaies elles-mêmes entraîne des douleurs extrêmement difficiles à contrôler. Le cœur subit le contrecoup à la fois du stress traumatique et de la surdose de narcotiques. De plus, comme les patients sont immunodéficients, les risques d'infection sont très élevés. »* Ironie du sort, le *dealer* et le policier seront donc sur la même longueur d'ondes dans les prochains jours.

Le responsable du Service des grands brûlés de l'Hôtel-Dieu a pour sa part complété le compte-rendu en expliquant que les problèmes qui affectent les victimes ne se limitent pas à la surface des brûlures : *« Le "choc du brûlé", causé par l'absorption de toxines provenant de la fumée et des flammes, affecte tout le système hémodynamique du patient. Ce n'est qu'après une délicate phase de stabilisation que pourra s'amorcer le long processus de réparation des tissus endommagés. »*

On doit retenir de ce jargon médical que les interventions seront nombreuses, risquées et affreusement douloureuses.

L'inspecteur Bastianello doit regretter d'être allé à Saint-Jean-sur-Richelieu ce jour-là et d'avoir eu la témérité d'affronter les flammes. Quant au dénommé Goyette, il aura appris, s'il reprend connaissance, qu'il ne faut pas jouer avec le feu.

Journal d'hôpital

Vincent Bastianello
Chambre R-3124
Hôtel-Dieu de Montréal

J'écris dans un cahier d'écolier. Une couverture noire. Des pages blanches lignées bleues et une ligne de marge rouge à gauche.

Rien de coûteux ni de précieux.

Rien d'intimidant.

Je pourrai utiliser des crayons ou des stylos bon marché.

Faire des ratures, peut-être même des gribouillis.

Dépasser les lignes et faire des fautes d'orthographe.

Écrire en chevrotant, la main comme la voix mal assurées.

Écrire n'importe quoi, des noms, des mots savants, des GROS MOTS.

De ces idées qui nous empêchent de dormir si on ne les note pas.

Un cahier, même banal, c'est mieux qu'un bloc dont les feuilles s'arrachent trop facilement. Ça donne une impression de continuité, de prolongement dans le temps.

Ce qui me fait défaut, ces temps-ci.

Un cahier, c'est quand même un drôle de cadeau pour un adulte qui n'a rien écrit depuis l'époque des compositions obligatoires à l'école.

Plus de trente ans sans écrire. Sauf des rapports et des notes de service. Des courriels expéditifs et des lettres officielles. Parfois quelques mots griffonnés sur un bout de papier, pour m'aider à réfléchir…

Tout compte fait, ça représente une bonne liasse.

Mais peut-on nommer *écriture* ce qui est strictement fonctionnel et qui exclut le « je » ?

Dans ce journal, il y en aura, des « je » !
Je me donne tous les droits.
Le droit de déchirer des feuilles et même de jeter le cahier à la poubelle. D'y écrire une succession de niaiseries. De ne jamais me relire. De réviser mes positions, de me contredire. D'écrire ce que je ne dirais jamais. Ce que je ne pense même pas.
Dans mon état où s'accumulent les a- (alité, apathique, amnésique...) et les in- (invalide, incapable, impuissant...), ce cahier pourrait-il me servir d'aide-mémoire ? De livre de comptes ?
De règlement de comptes ?

*

Quelques paragraphes seulement et je suis vidé.
Sans ressort et sans ressources.
A-phasique. À plat.
Dernière tentative pour rester dans un univers intelligent avant qu'on m'apporte ma morphine : recopier des phrases tirées de mes livres de chevet, avec application, dans l'espoir que le geste soutienne la pensée.
À défaut de mots à moi, je me donne le droit d'emprunter ceux des autres.
Pour exprimer une parcelle de ma condition.
Et voir où cela mène.

Quoi de plus ironique qu'une histoire de feu pour commencer ?

« Le toit du monastère flambait. Et, courant en équilibre sur la crête du toit, ils virent parmi les flammes une forme humaine qui criait. [...] Les bois de charpente craquèrent, et en moins de temps qu'on écrit *o* ou *i*, le malheureux prit feu, flamba, tomba, et ne fut plus qu'une cendre par terre. » (Rezvani, *Feu*.)

Va pour les bois de charpente qui s'écroulent et le malheureux qui tombe et flambe. Mais je ne suis pas en cendres. Je résiste, car

« rien ne saurait être aussi surprenant que la vie. Sauf l'écriture. Sauf l'écriture, oui, bien sûr, sauf l'écriture qui est l'unique consolation ». (Orhan Pamuk, *Le livre noir*.)

Quoi ! L'écriture parviendrait à me consoler ?

Qu'on m'apporte plutôt ma morphine !

L'homme figé dans ce lit d'hôpital me domine.

Il prend tout l'espace.

Je ne le reconnais pas.

Comment étais-je avant ?

Vivant, indestructible, inaltérable.

On me percevait hautain, présomptueux, trop sûr de moi, et je n'ai jamais cherché à tromper mes détracteurs. Dans mon métier, l'assurance est un atout et il vaut mieux laisser le doute et la modestie au vestiaire.

Mais ce jour-là précisément, quand « la tempête entra en scène lentement en fin d'après-midi » (Yann Martel, *Histoire de Pi*), est-ce que j'ai voulu jouer les héros ou j'ai juste été niaiseux ?

Chose certaine, j'ai transgressé les plus élémentaires règles de prudence recommandées par toutes les polices du monde, et même par le gros bon sens : j'ai répondu au délire d'un *bum* à deux neurones qui hurlait : « Venez me chercher, ma gang de tabarnak ! »

Je suis allé le chercher.

Georges Goyette, le vendeur de dope du village, une crapule finie qui a initié pendant deux décennies les jeunes aux pilules magiques et à la prostitution, devait être appréhendé pour ivresse au volant, délit de fuite et possession de méthamphétamines, de GHB et d'autres cochonneries encapsulées maison. Pas en mesure de penser que le feu de papiers allumé pour repousser les policiers allait se propager à sa cabane. Pas en mesure de se lever de son La-Z-Boy pour sortir. Trop gelé!

Je n'étais même pas en service. Je me préparais à passer une fin de semaine tranquille avec mon fils et, en revenant du dépanneur avec du lait et du café, j'ai vu les deux voitures de la Sûreté du Québec devant la maison en flammes. Je me suis arrêté, je l'ai entendu lancer son défi et je suis entré le chercher. D'un bon pas, en plein soleil, à découvert.

« Ben mon sacrament, c'est pas vrai que tu vas mourir en martyr! »

Le journal local a titré : « Un inspecteur du SPVM sauve un indigent des flammes ».

« Indigent »? Pourquoi pas un pauvre hère? Un miséreux? Un laissé pour compte de la société?

Non!

Bum, pimp, pusher, délinquant, crapule, escroc, bandit, malfrat, vaurien, truand, prédateur…

Et maintenant, il est sous respirateur, « mais on ne craint plus pour sa vie », lit-on dans le journal. Alors oui, ça me fait plaisir de savoir qu'il est hors service.

N'empêche que moi…

Je revois la scène cent fois par jour.

Je marche vers la maison en flammes, je fonce tête baissée dans le brasier, la chaleur m'étrangle et des bruits horribles m'assourdissent. J'agrippe l'escogriffe par le revers de sa veste, je le pousse vers la porte. Et puis c'est le vide.

Le blanc.

Le noir.

Je suis allongé sur une civière et des voix inconnues me demandent si je les entends. J'ouvre les yeux, c'est flou, mais je vois. Et j'entends. Je bouge un peu et je hurle. Un coup de poignard dans les jambes. Et je demande : « Je l'ai sorti ? »

— Oui, mais vous auriez pu y rester. En le poussant dehors, vous êtes tombé à genoux dans les braises. C'est pas beau !

À nouveau le vide, le blanc, le noir. Je me réveille à l'hôpital, branché de partout, et je hurle à la mort. Une infirmière me parle calmement, me dit que ça va aller.

Depuis, c'est la tempête dans mon corps, dans mes anticorps, dans ma tête.

C'est peut-être ça, l'enfer, brûler dans un présent continu, sans passé, sans futur.

« Non, ce n'était pas comme un rêve qu'on se représente de nouveau les yeux ouverts, non, ce n'était pas du déjà-vu, c'était quelque chose de totalement différent, un écart de la raison, un défaut momentané, un court-circuit qui vous projetait sur une terre inconnue de vous, tandis que le temps confondait le passé, mêlait des faits survenus à des dates différentes, en faisant d'eux un unique présent. » (Andrea Camilleri, *La danse de la mouette*.)

*

Le feu m'a fait passer en une fraction de seconde d'immortel combatif à grabataire confus.

Pas encore résilient.

Diagnostic et pronostic : brûlures multiples, opérations et greffes à répétition. Puis des mois de réadaptation. Mais je guérirai. Mes jambes seront massacrées, et j'aurai toujours dans la bouche ce goût de chair calcinée, mais dans quelques mois, je pourrai gambader, m'assure-t-on. Claudiquer plutôt.

Rien ne sera plus comme avant.

*

Les premiers jours, j'étais obsédé par les enquêtes à boucler, les rapports à rédiger, les meurtriers à incarcérer. Comme une auto en panne d'essence qui roule sur son élan. Dans mon délire, je pensais téléphoner à l'un et à l'autre : « As-tu pensé à… », « As-tu suivi la piste de… », « Il faut trouver… ». Même la nuit. À peine réveillé, le plus souvent en sursaut, j'étais déjà un policier prêt à bondir pour neutraliser un criminel. L'infirmière de garde me répondait patiemment comme à un enfant : « C'est bon, ça va aller ».

Peu à peu, mes réflexes se sont adaptés. Je suis désormais un grand brûlé à temps complet.

Les premiers jours… Il ne s'agit pas d'un laps de temps, mais d'une alternance de brumes épaisses et de détonations insupportables, de semi-consciences et de demi-sommeils, de lumières artificielles et de noirceurs intemporelles. L'alternance aussi de choses indistinctes à avaler, de changements de solutés et de transferts vers les salles d'examen ou d'opération. Et les cauchemars : je suis sur un bûcher, je suis au cœur d'une forêt en flammes, c'est la guerre et une bombe éclate dans mon bunker. Je crie, je tente de me lever, je reprends connaissance à moitié. Le pire, c'est quand je me réveille.

Les premiers jours, les médecins et les infirmières n'étaient pas des personnes mais des fonctions. Les signes vitaux, les changements de pansements, les injections, la vérification des liquides. Il y avait ceux (ou celles) qui soulageaient la douleur, ceux qui la provoquaient, ceux qui posaient des questions, ceux qui disaient des mots gentils. Ceux qui voulaient des signatures, des décharges, des autorisations. J'ai tout accepté, impuissant. J'ai répondu aux questions, j'ai tendu les bras, j'ai avalé.

Les premiers jours, des visiteurs ont défilé, après être passés au sas de décontamination, vêtus d'une jaquette et d'un bonnet et dégageant une odeur d'antibactérien. On est à prendre avec des pincettes propres.

Ils savaient se comporter. Se pencher vers moi, me prendre une main, me toucher le front, les cheveux. M'embrasser parfois. Dire les bonnes phrases et sortir pour respirer. La compassion, réelle, les hésitations et l'incapacité de dire, la peur de la gaffe, les formules toutes faites.

Ils reprenaient leur souffle en déposant leur jaquette et leur bonnet stériles dans le bac-réservé-à-cet-effet.

L'apnée des visiteurs !

Dès que j'ai retrouvé une certaine capacité de m'affirmer, j'ai libéré tout ce beau monde de ses politesses, prétextant les risques d'infection. Je n'ai gardé que Josette sur ma liste virtuelle de personnes autorisées, et Félix, bien sûr, qu'elle emmènera les samedis. Et tous les trois, on jouera au *Clue*.

*

J'étais encore aux soins intensifs lorsque j'ai eu l'honneur de recevoir la visite du docteur Jean-François Graham. Venu me repêcher, il avait son CV aux lèvres et de la documentation dans les mains : chirurgien mondialement reconnu, membre cofondateur de l'Institut de recherche en médecine régénérative, organogénèse et biomatériaux (IMROB) depuis 2000 et titulaire de la Chaire de recherche en chirurgie des substituts dermiques (CRC-SuD) depuis 2007.

J'ai donné mon accord pour participer à un protocole expérimental de greffes de tissus « en sandwich » dont le docteur Graham est l'un des inventeurs. « Le tissu cultivé à partir d'un prélèvement chez le patient est étiré en une sorte de treillis auquel sont amalgamées des microfibres de polymère biodégradables bourrées de protéines », peut-on lire dans la brochure, photos de synthèse à l'appui. Replié en couches successives, cet amalgame aurait les propriétés du tissu vivant implanté (régénérescence, élasticité), sans en avoir les inconvénients (risques de rejet, rétractation des tissus, boursouflures).

Selon le docteur Graham, son biomatériau révolutionnaire n'a été greffé jusqu'à maintenant que sur des surfaces minuscules. Mes genoux, brûlés au troisième degré sur une surface de 12 cm^2 pour le droit et de 32 cm^2 pour le gauche, serviront à faire avancer la science.

J'ai signé.

Faut le dire : dans un état de dépendance aux narcotiques, subordonné au corps médical et impuissant face à la maladie. Quelle notion ambiguë que celle de consentement !

Mardi soir

La relativité du temps m'est entrée dans le corps dès les premiers moments d'éveil aux soins intensifs. Pour le patient, les secondes s'écoulent une à une, bien comptées. Pour le personnel, elles filent par groupe de 1000. Alors, les « Je viens tout de suite », « Je passe bientôt », « J'arrive » sont à chronométrie variable.

Au fur et à mesure que ma conscience du monde s'est désembuée, j'ai compris ma responsabilité dans la gestion de ma condition de patient. Comme mes voisins, je semble passer une bonne partie de mes journées à lire, à écouter des jeux-questionnaires débiles à la télé, à regarder par la fenêtre, à ruminer. C'est une feinte. Je suis sans cesse à l'affût, un œil rivé sur le cadran où s'égrènent les minutes, l'autre sur le couloir où circulent chariots et infirmières. Dès que je me réveille, mes yeux cherchent l'heure.

Regarder les aiguilles, revoir les calculs, faire des prévisions, des suppositions, des scénarios. Échafauder des stratégies, des subterfuges, des ruses.

Toujours anticiper le pire : ne pas avoir la dose de morphine à temps pour contrer la douleur.

Une fois éveillé, le monstre est long à dompter.

Gérer le temps, c'est avoir un minimum de contrôle sur la douleur. L'indescriptible douleur, de 7 à 22 sur une échelle de 10, qui fait craindre que le cœur lâche, que la tête éclate, que la raison s'enfuie – voire que le cœur ne lâche PAS, que la tête n'éclate PAS...

Quand se planter un couteau dans le ventre semble une solution pour échapper au mal, en être réduit à se faire gaver, laver, torcher est de l'ordre du détail.

Sur mon échelle personnelle de la douleur, à 8, je commence à m'inquiéter. À 13, à paniquer. Si je dépasse 15, je sais qu'il faudra d'interminables heures pour revenir à un niveau un tant soit peu supportable. Alors, je refais le calcul.

« Si Paul a son médicament à 10 h et qu'il a droit au prochain quatre heures plus tard, à quelle heure aura-t-il ce médicament ? » À 14 h, répondrait Félix.

Rien n'est moins sûr. « Quatre heures » est une notion légèrement floue et l'opération mathématique comporte plusieurs inconnues.

Prendre en compte les changements de garde, les repas, les pauses, les soins et les bains ; les débordements et les oublis ; le temps de faire contre-vérifier la prescription du narcotique et celui que mettra l'infirmière à me l'apporter.

Et que dire de l'arrivée intempestive du médecin avec de nouvelles directives auxquelles il faudra s'habituer !

À la gestion du temps se couple celle des humeurs : le personnel préfère un patient patient mais, paradoxalement, celui qui geint, exige ou insulte est parfois mieux servi. L'œil sur le couloir, c'est pour attraper au vol, minauder, rappeler qu'on existe et que notre temps est compté.

Alors oui, le calcul et la ruse font partie de la définition de tâche du patient.

La morphine arrive enfin! Je respire. Je vérifie que l'infirmière a bien noté l'heure de la prochaine dose. Je ferme les yeux quelques minutes. Je regarde le cadran et reprends mes calculs en fonction d'autres activités ordinaires. Si mon analgésique doit être administré au moment du changement de garde et que l'infirmière de soir en confie la responsabilité à l'infirmière de nuit, la probabilité que j'aie mon médicament en retard est très élevée. Il faut donc que j'attrape l'infirmière de soir avant qu'elle ferme ses dossiers.

*

La douleur crée une nouvelle dimension : la peur-temps.

Peur des changements, peur de rester en l'état, peur de l'avenir, peur du présent.

Peur de ne plus pouvoir tenir le temps.

Mardi, 23 h

L'infirmière devrait arriver bientôt avec mes médicaments de nuit. Si je reste éveillé, je n'aurai pas à lui infliger la peine de me brasser (Ha ha!).

Tuer le temps, vaincre les heures, apprivoiser le jour, craindre la nuit.

Il n'y a pas si longtemps, je ne voyais pas le temps passer. Les journées étaient trop courtes et j'aimais travailler la nuit, quand les distractions (et les distrayants) avaient déserté.

Tant de choses se passent la nuit. Des petits cambriolages aux grands *deals*, des crimes inutiles aux rites sacrificiels. C'est dans la nature des choses : les rats, les chacals, les hiboux...

Mais c'est aussi l'éclatement des grandes passions, clandestines ou naissantes, des élans de tendresse, des révélations, des chuchotements.

*

Ah ! un spa de minuit avec un verre de grappa chez Josette. Cette plage accueillante où j'ai échoué tant de fois.

...

J'ai beau essayer, ma vie d'avant n'est pas un baume qui adoucit le présent.

Alors, qu'on me foute la paix avec le moment présent ; ce non-temps n'est que douleur, regret et faux espoir !

« L'hiver est comme un maître qui nous apprend la patience. » (Ayako Miura, *Au col du mont Shiokari*.)

La maladie aussi !

— Coudonc, est-ce que j'ai rêvé ? Il me semble avoir entendu la voix du docteur Graham hier soir ?

J'ai posé la question à Louise qui faisait sa tournée du matin. De mémoire (une faculté musclée par 30 ans d'interrogatoires), notre conversation ressemblait à ça :

— J'ai rien lu dans votre dossier indiquant qu'il serait passé vous voir.

— En fait, je lui ai pas parlé, mais j'ai entendu sa voix.

— Vous l'avez vu ?

— Non. La lumière était éteinte mais il m'a semblé voir une ombre près de la porte. J'étais très endormi. J'ai eu l'impression qu'il parlait au téléphone.

— Puis qu'est-ce qu'il disait ?

— Il était question de temps… d'urgence plutôt. J'ai retenu « éviter de prendre des risques », « trouver une solution », « pas se laisser faire », avec des « bientôt », « rapidement ».

— Pensez-vous qu'il était question de vous ? Est-ce que ça vous a inquiété ?

— Non, pas vraiment. L'atmosphère me semblait même pas étrange. C'est pour ça que je pense pas avoir rêvé.

— Le docteur vous a pas parlé ?

— Non.

— Donc, vous croyez que le docteur Graham est venu dans votre chambre hier soir pour régler au téléphone un problème urgent qui ne vous concernait pas.

J'ai pensé qu'il valait mieux me taire. Il suffirait de presque rien pour qu'ils me prennent pour un fou.

— Bon, ok. Ça tient pas debout. J'ai dû rêver.

Je n'ai pas l'habitude de confondre la réalité et la fiction. Mais la morphine et la douleur me font douter de mon jugement. Je déteste ça.

*

Moi qui ai toujours préféré l'environnement féminin à la compagnie des hommes, ce qui évite les sorties et les parties de pêches entre *boys*, je suis gâté ici. Je bougonne pour la forme, mais quand Claire, Louise, Carmen ou une autre entre dans ma chambre pour refaire un pansement, vérifier les solutés ou déposer mon plateau, je souris intérieurement. J'aime leur humour, leur agilité, leur application.

Chacune a sa personnalité, ses clichés, sa manière d'être attentionnée.

« Monsieur Bastianello, je vous réveille pas, toujours ? Je viens prendre votre température. »

On échange quelques phrases, puis elle me quitte pour aller accorder toute son attention au patient suivant.

De toutes, c'est Claire qui est la plus charmante. Dans le style : « J'ai une petite minute pour mon bon Vincenzo. » Je l'avoue, quand j'ai vu que mes origines jouaient en ma faveur, j'en ai profité. Une flatterie par ci, un clin d'œil par là, et hop ! « *Per favore, bella*, je peux avoir mon analgésique ? » Elle regarde sur ma fiche : « Dans une heure. Ça va me faire plaisir de revenir vous voir. »

Carmen, la plus âgée, est une pro jusqu'au bout des doigts. Carrée, efficace, pas une parole pour rien, mais toujours le bon mot. C'est elle qui me décrit avec le plus de justesse le mal qu'elle va me faire. Quand elle dit : « Attention, vous allez sentir comme une détonation », je sens une détonation ! Mais de la compassion aussi. Alors, je lui demande à quoi j'ai droit comme drogue. Elle regarde la fiche, évalue la situation et, une fois, elle a consenti à devancer de quinze minutes ma divine injection.

Louise est certainement la plus distante. Elle traîne une vieille fatigue dans l'œil. Et ce n'est pas dû qu'au travail. Louise est peut-être la plus taciturne, mais je suis convaincu que son regard est infaillible. Elle prend son temps, observe, analyse et décide des priorités. Je m'adapte : un petit « bonjour » et je me tais. Malgré cela, j'ai l'impression que je suis sa chambre refuge, une cachette où elle vient juste reprendre son souffle, le temps de lire une énième fois la feuille de route à la tête de mon lit. Louise en a bavé. Je le sais et ça nous suffit.

Claire, Louise et Carmen sont les piliers du département, les plus anciennes, celles dont l'horaire est régulier. Depuis le temps qu'elles sont en poste, elles ont acquis des droits (certains diraient des privilèges). Les autres, ce sont les jeunes, souvent de passage. Joyeuses ou inquiètes, souvent mignonnes, elles sont divertissantes. Mais je n'ai pas encore fait l'effort de les départager.

Docteur Freud, je dégouline de bons mots et d'œillades enjô-
leuses envers le personnel qui me donne accès à ma drogue, alors
que ceux qui m'apportent mes repas ou qui me transbahutent
sont laissés pour compte.

Qui veut la fin prend les moyens.
Qui ne veut rien n'a pas besoin d'être fin !

*

N'empêche. Drôle de relation que celle qui s'établit entre
une infirmière et un patient.
De l'intimité à sens unique, quelques échanges sincères, des
confidences asymétriques, des entrées et des sorties.
Des liaisons intenses sans avenir.

No future !

*

Peu importe le pourquoi du comment, l'Homme domestique
son environnement.
La chambre anonyme R-3124 est devenue sans conteste
MA chambre au fil des jours. La photo d'école de mon fils sur
la table de chevet, ses dessins scotchés sur la porte de la salle de
bain, mon carnet et mon crayon à portée de main, sur le dossier
de mon fauteuil un *yukata* marine et blanc (peignoir japonais
en coton léger, version chic de la jaquette d'hôpital, que Josette

a apporté pour que je sois plus présentable). Le jeu de *Clue* et une pile de livres sur la tablette de la fenêtre. Invisibles, une bouteille de Campari et quelques huiles aromatiques dans le placard.

Il y a aussi quelques extensions familières : la salle de bain, le poste de garde, les couloirs où on me roule jusqu'aux salles d'examen ou de soins. Je ne suis qu'un voyageur en transit, et surtout pas maître à bord, mais je commence à apprivoiser ces espaces.

En revanche, regarder dehors m'ennuie. Contrairement à la majorité des gens, je ne vois aucune beauté dans les couleurs d'automne. Les feuilles rouges dans les arbres et les jaunes qui pourrissent par terre m'irritent.

Alors je lis, j'écris, je réfléchis, je guette, j'attends.
Dans un hôpital, on attend toujours quelque chose ou quelqu'un.
On s'attend au pire.
Et parfois il survient.

Je croyais être un bon patient, poli, sympathique, ni plus ni moins exigeant que mes voisins. Mais une certaine réalité m'a échappé et Claire a été chargée de m'informer d'un « petit souci ».

— Monsieur Bastianello, les infirmières de nuit ont écrit à plusieurs reprises dans votre dossier des commentaires du type : « Le patient est très agité et délire dans son sommeil. Propos violents. Forte tendance à l'affabulation et à la paranoïa. » Pourtant, le jour vous êtes plutôt docile. Apathique même.

— C'est normal de faire des cauchemars après ce que j'ai vécu, non ?

— Oui, mais on préfère aborder le problème avec vous pour rien laisser traîner. Vous seriez pas en train de nous faire une petite déprime ?

Je ne suis pas apathique ni dépressif, j'essaye juste d'être patient. Ils m'énervent avec leur « petit » diagnostic !

— Au début, on a cru qu'il s'agissait d'effets antagonistes entre les médicaments. Le soulagement de la douleur, la gestion du sommeil, les risques d'infection ou de rejet des implants, tout ça demande une coordination minutieuse. Mais les ajustements ont été apportés et vous auriez dû être déjà moins amorphe le jour.

— Ce qui veut dire…

— Qu'on croit que le problème relève plus du psychologique que du physiologique.

— Qu'est-ce que vous essayez de me dire ? Que je me laisse aller ? Que je ne fais pas assez d'efforts ?

— C'est pas ça. Vous êtes pas responsable. Mais pour inverser la tendance, c'est-à-dire pour que vous soyez moins agité la nuit et plus dynamique le jour, on va peut-être devoir diminuer les analgésiques pendant la journée.

— Si vous faites ça, préparez-vous à m'entendre crier ! Vous allez voir à quel point je peux être dynamique. J'exige de voir le docteur Graham.

Ils vont regretter le temps où je délirais tranquillement la nuit et que je leur foutais la sainte paix le jour !

Tard mercredi

Quel cauchemar ! Un homme s'était enfui d'une clinique qui faisait des expériences de greffes de peau et il m'implorait de le protéger. Mais lorsqu'il a entendu mon rire diabolique et compris que je faisais partie de la machination, il s'est mis à hurler à s'en déchirer les cordes vocales.

Est-ce que moi, je fais partie d'une machination ?

Hier soir, croyant aux vertus soporifiques de la lecture, j'ai ouvert un livre au hasard et mes yeux sont tombés sur ce passage. Un bon tour du destin.

« Peu importe qu'il y ait un dieu du jazz, un dieu des gays ou toute autre espèce de dieu mais j'espère que quelque part, modestement, comme si tout n'était que coïncidence, quelque chose, là-haut, veille sur cette femme. Je le souhaite du fond du cœur. Tout simplement. » (Haruki Murakami, « Hasard, Hasard », dans *Saules aveugles, femmes endormies*.)

Cette femme... Tout simplement...

*

Josette...

Elle n'est ni ma femme ni ma conjointe, pas la mère de mon fils, pas une parente ni une amie d'enfance. Surtout pas une mère.

Une sœur incestueuse ? Une favorite ?

Un miroir déformant qui me rend plus beau que nature. Plus laid parfois.

Une bénédiction. Une malédiction.

Mon détecteur de frimeurs, ma simplicité volontaire, mon chum de brosse, ma respiration par le nez, ma liberté surveillée.

Celle qui compte, même quand elle n'est pas là, par trahison ou par négligence... de part et d'autre.

Celle qui bouscule mes conventions et qui calme les vents violents.

Celle qui participe à mes contradictions vitales.

Dès le moment où les roues de ma civière ont franchi le seuil des soins intensifs de l'Hôtel-Dieu du CHUM, bien avant qu'on m'installe dans la chambre R-3124 du pavillon Le Royer, j'ai su distinguer Josette des autres entrants et sortants. Rêve ou réalité, j'ai entendu sa voix chuchoter des ordres, j'ai reconnu ses mains sur mon visage, j'ai suivi ses déplacements d'air. J'ai pu dormir plus en paix. Car

> « ce n'est pas si facile que cela
> d'être au même endroit
> que son corps.
> L'espace et le temps réunis.
> Mon esprit commence à se reposer ».
> (Dany Laferrière, L'énigme du retour.)

S'il n'y a plus de peaux mortes entre nous, est-ce que l'équipe atypique que nous formons pourra survivre ?

*

Josette vient me voir tous les jours, en après-midi ou en soirée, selon son agenda de massothérapeute réputée. Elle déballe des surprises de son sac à malices, me tâte partout en appréciant mes progrès, joue la fée du logis. Au moment où elle le juge opportun, nous prenons « un petit remontant ». Comme si le mot à consonance thérapeutique éliminait la transgression des règles de l'hôpital et des médecins, pharmaciens et nutritionnistes.

De son sac, Josette sort aussi des « divertissements », pour que je ne périsse pas d'ennui. Ou qu'elle ne périsse pas d'ennui.

Je ne sais plus quel jour c'était, Josette a placé sur ma table de chevet une pile de livres agrémentés de Post-it fixés aux pages d'extraits choisis. Ce subterfuge devait servir à hameçonner le poisson-lecteur qui, depuis son époque Bob Morane, sommeille en moi.

Une douzaine de livres, des plus épais aux plus minces, éditions de poche ou de luxe, écornés ou presque neufs, aux couvertures graphiques, réalistes ou kitsch.

Une douzaine de phrases-appâts donc, tirées de romans dont je n'avais, pour la plupart, jamais entendu parler. Ni de leurs auteurs d'ailleurs. Mais Josette avait su choisir ses phrases : il y en avait pour mes personnalités multiples. Il y avait même un manga, *Prince du tennis* ; madame s'était fait plaisir.

J'ai rechigné.

— Josette, j'ai passé les vingt-cinq dernières années à courir après des tueurs quinze heures par jour puis, pour me changer les idées, je faisais des arts martiaux à m'en scraper les articulations. Tu penses quand même pas que lire va compenser ? Trouve autre chose sacrament, je vais devenir fou !

— J'ai apporté un jeu de *Clue* pour te distraire. Après ton petit massage, on fait une partie. Je suis sûre que je vais te battre.

— JOSETTE ! Niaise-moi pas.

Sans tenir compte de mes objections, Josette a déposé le jeu sur la table de lit et a commencé son traitement « spécial grand brûlé ». Comme toujours depuis que je la connais, j'oscille entre l'envie de la mordre et celle d'éclater de rire. Mais, coincé dans mon corps douloureux, je ne pouvais faire ni l'un ni l'autre. En revanche, l'injurier et lui cracher au visage auraient été à ma portée, mais pourquoi risquer de perdre l'once de Campari ou de limoncello qu'elle me refile en douce, dose quotidienne d'alcool qu'elle considère acceptable dans mon état ?

Donc, Josette m'a massé la tête et nous avons joué au *Clue*. Et elle a gagné : le colonel Mustard avait frappé, avec le *candlestick*, dans le *living-room*. Pour crâner, j'ai sifflé mon dé de limoncello et j'ai essayé d'agripper le sien.

— Vincent, t'es pas raisonnable. Vendredi, t'auras droit à un extra… Tiens, je t'en verse un petit demi, a-t-elle répondu avec une désagréable mansuétude.

Ma tension a monté d'un cran.

Elle a rangé la bouteille et, avant de partir, elle a saisi le formulaire des menus du lendemain. Faisant mine d'être alléchée par tant de promesses, elle a coché : soupe tomate et riz.

— Tu prends tes biscuits soda salés hein ?

— …

— Entre le pain de viande sauce tomate et le poulet à la king, tu prends le poulet, mon Elvis ?

— …

— Flic à la king ! Ha ha ha !

— …

— Jell-O ou compote de fruits ?

— Josette, ciboire, NIAISE-MOI PAS !

C'est le lendemain qu'elle m'a apporté ce carnet.

— Vincent, pourquoi t'écrirais pas les idées qui te passent par la tête, des souvenirs ou des rêves ? Ça pourrait même être des histoires de famille que tu raconterais à Félix, sur ses grands-parents paternels qu'il a pas connus, par exemple ? Et puis, ça te ramasserait le génie. Tu ramollis du cerveau, je trouve.

— Franchement, Josette, je croyais que tu me connaissais mieux que ça ! Tu me vois écrire mon journal ?

Je ne pouvais pas lui laisser le dernier mot, mais je n'avais rien à perdre.

Même pas mon temps.

Ces pages en sont la preuve.

Le docteur Graham vient juste de sortir de ma chambre. Nous avons eu une discussion sur le thème « délire » et « douleur ». Selon lui, il n'a jamais été question de réduire mes analgésiques.

Louise a quand même pas inventé ça !

— Ce sont les infirmières qui vous voient au quotidien et c'est leur devoir de signaler tout problème. Vous avez subi un traumatisme sévère, vous savez.

Il a proposé, suggéré, insisté : il faut que je voie un psychologue. Non, non et non ! Je ne suis pas dépressif, je suis souffrant. Je ne suis pas amorphe, je suis invalide.

— Qu'est-ce que vous voudriez ? Que je fasse le clown dans la salle commune ? Avec toute votre science, vous êtes pas capable de faire la différence entre un état et une personnalité ?

— OK, ça va. Pas besoin d'être agressif. Mais dans ce cas-là, va falloir y mettre du vôtre. On aimerait tous vous voir plus… motivé. Vous devez vous fixer des objectifs.

— Comme crisser mon camp d'ici au plus vite ?

— C'est un début ! Mais voyez à plus court terme.

— Je fais tout ce qu'on me dit de faire : je gobe, je tends les bras, je remercie. Je vois pas ce que je pourrais faire de plus.

— Faut vous changer les idées… Vous refusez de l'admettre, mais vous avez des idées noires. De la rancœur même. Vous avez un fils, n'est-ce pas ?

— Oui. Il a douze ans.

— Vous avez de la chance… C'est une grosse responsabilité d'avoir un enfant, avec le métier que vous faites, non ?

— À qui le dites-vous ! À la minute où il est né, j'ai senti un fossé immense entre mon monde et le sien. Difficile de conjuguer ma volonté d'être proche de lui et l'obligation de le tenir à distance !

— Je crois comprendre. Vous êtes au cœur de deux mondes qui ne doivent pas se croiser. Aujourd'hui, vous êtes devant un autre défi, mais vous devez encore protéger votre fils. En voilà une motivation.

— Est-ce que vous avez des enfants, vous ?

— On parlera de ça une autre fois, je suis attendu.

Pfff ! Parti. Même pas foutu de répondre à ma question !

*

Le docteur Graham a sans doute raison. À partir de maintenant, je suis mo-ti-vé !

(Ha ha ha !)

*

C'est l'heure du « bain thérapeutique ». Paradoxalement, même si je considère que je suis trop jeune pour me laisser laver sans rechigner, ces bains représentent une forme de renoncement qui m'apaise. Je déteste. J'aime. J'aime détester.

Je l'avoue, lire est une activité plutôt satisfaisante dans ma vie d'estropié en résidence.

Je ne suis pas encore un lecteur de la première à la dernière page, mais j'ai dépassé depuis longtemps le stade des phrases imposées par Josette. Je suis, disons, un « pigiste » aventureux qui puise dans les mots des autres ceux qui me conviennent – qu'ils me confrontent ou qu'ils me confortent.

Si l'inculte que je suis ose citer des auteurs comme un professeur de littérature, c'est que leurs mots donnent une consistance, des balises plutôt, à mon cerveau gélatineux.

Des ressorts qui m'aident à rebondir.

Dès que je transcris ces passages dans mon journal, ils m'appartiennent ; peut-être même qu'ils me permettront un jour de revoir le chemin parcouru. Pour le moment, ils m'éclairent.

Celui-ci, par exemple :

> « Il s'est adapté à la chute de poutres, et puis comme il n'en tombait plus, il s'est adapté à leur non-chute. » (Dashiell Hammett, *Le faucon maltais*, cité par Paul Auster, *La nuit de l'Oracle*.)

S'adapter à la douleur puis à la non-douleur…
Quelle étrange sensation, cette accalmie dans ma chair !

*

J'ai toujours eu besoin d'air. Je ne me souviens pas à quand remonte ma dernière journée complète passée à l'intérieur.

Prendre l'air, changer d'air, faire de l'air.

J'ai toujours détesté les murs. À l'école, je choisissais un pupitre près d'une fenêtre et j'inventaïs les scénarios d'évasion les plus farfelus. J'étais convaincu que la liberté de mouvement avait plus d'importance que la liberté de penser ou de parler. Sans doute parce qu'aucune ne m'avait jamais été refusée.

Aujourd'hui, j'arrive à supporter mon état de prisonnier dans une cellule de l'Hôtel-Dieu de Montréal. Je m'accommode de cet horizon fermé par les murs de ma chambre. Aller au-delà, seul, n'est pas encore un projet.

Tout mon capital d'espérance est investi dans cette peau à réparer.

J'attends le tour de magie qui me la ramènera comme elle était avant. Un mouvement de cape et : « Tadam ! »

Que les magiciens fassent leur travail !

Je ne cherche pas à regarder en coulisse ni à comprendre les trucs. (Josette le fait bien assez.)

*

Je devrais être enragé. Tout le monde attend ce sursaut de vie qui m'engagerait dans la bataille. Au diable les métaphores guerrières, je n'ai jamais été aussi loin du soldat que ces derniers jours. Mon corps est peut-être en guerre, mais mon esprit ne l'accompagne pas sur ce sentier.

Je m'abandonne.

Je savoure les analgésiques et les somnifères qui m'assomment.

J'apprécie le brouillard qui m'enveloppe, seul rempart contre la douleur.

Encore et toujours elle.

Je ne suis pas enragé, je suis à *off*.

Figé, catatonique, gelé.

L'ours dans sa tanière n'élabore pas de plans pour le printemps. Il dort.

C'est ça, je suis en hibernation.

Vendredi, 16 h

Peut-on parler de routine ici ?

Être réveillé par des infirmiers qui te roulent vers le bain ou les salles d'examen.

Être envahi par un commando de spécialistes venus voir ou montrer la chose.

Attendre un repas, espérer un médicament, souffrir, entendre gémir.

Un chaos organisé.

Un couloir d'hôpital, c'est comme le métro à l'heure de pointe. Les infirmières (le féminin l'emporte sur le masculin), les aides-soignantes, les bénévoles, les gens de l'entretien, les médecins et leurs apprentis, tous défient les lois de la circulation. Quand s'ajoutent les chariots et les civières, c'est du slalom olympique. En tant que patient invalide, je préfère rester à l'abri dans ma chambre. Risquer ma vie juste pour aller attendre dans la salle commune que le temps passe, non merci !

Josette croit que c'est mon vieux fond de misanthropie doublé de snobisme qui s'exprime. Je ne la contredis pas.

Le département des grands brûlés a ceci de particulier : les patients deviennent des pensionnaires, tellement ils y restent longtemps. Nouvellement arrivé dans ce tout inclus, je suis une curiosité pour les anciens.

Je les entends penser : « Ah, un nouvel ami ! » Erreur sur la personne.

Les premiers jours, certains passaient furtivement la tête dans le cadre de la porte, osaient un « Bonjour ! », un « Bienvenue ! ». Je répondais d'un signe – si je répondais.

Puis, certains ont osé avancer les épaules, le torse, faire quelques pas vers moi. M'ont demandé mon nom, m'ont chuchoté quelques « Paraît que », « On dit que », « On s'en sort, voyez, moi… ».

Certains viennent à mon chevet pour jaser. Me parler d'eux. Je réponds à peine de quelques signes de tête. Ce qui les encourage à poursuivre, bien au-delà de leur histoire de feu.

Ils racontent, laissent leur trop-plein et repartent légers comme s'ils avaient accompli une bonne action.

Ma chambre est un confessionnal et je me contrains au silence. C'est fou ce que les gens révèlent d'eux-mêmes quand ils n'y sont pas obligés. Pas une seule question, quelques « hm hm », un signe de tête, et ils se déversent.

Mais ce qui m'étonne le plus, ce sont les petites mesquineries entre gens du milieu. En une journée, j'entends plus de plaintes et de dénonciations qu'un agent au comptoir d'un poste de police du centre-ville. On voudrait que je prenne parti, que je donne mon avis et même que je me méfie.

Je n'ai pas l'esprit belliqueux, je ne revendique rien d'autre que mes médicaments.

Et surtout, je ne retiens rien. J'ai l'oreille du confesseur qui entend les péchés du monde dans une langue étrangère.

Vendredi, 20 h

Évitements, précautions, tournages autour du pot. Josette m'a fait tout un cinéma ce soir pour cacher le petit secret qu'il ne faut pas dire à un grand malade. Quelque chose qui commencerait par : « Vincent, il faut que je te dise… » Je l'ai laissée s'empêtrer, elle n'allait pas tenir longtemps.

— Goyette est mort d'une embolie pulmonaire la nuit dernière, a-t-elle finalement avoué après avoir déversé trop de petites attentions.

— …

— C'est mieux comme ça, non ?

— …

— Ben oui, je te comprends, Vincent. Pas de procès, pas de jugement.

— …

— Tout ça pour ça. C'est enrageant !

— Non, non, Josette, tu te trompes. Je me dis pas que je suis cloué sur un lit d'hôpital pour rien ni que j'ai perdu sur toute la ligne. Je me dis que ce qui compte, c'est que la terre soit débarrassée de lui. Que des enfants, des jeunes filles pis des grands niaiseux d'ados aient un charognard de moins sur leur route. Je sais que si c'était à refaire, je plongerais encore dans la cabane en feu ! Maintenant, laisse-moi. Je suis fatigué.

N'empêche que Josette n'a pas tort. J'aurais préféré que justice soit rendue officiellement.

*

En me précipitant dans le feu, j'ai fait ce pour quoi je suis programmé : neutraliser un vaurien afin que la justice officielle soit rendue. Le vaurien en question, je l'ai connu enfant, sale, morveux, empêtré. Il vivait avec son taré de père dans leur cabane du tiers-monde et, déjà à 10 ans, il rôdait autour du dépanneur du village pour quêter une cigarette ou une bière ; il montrait aussi son zizi pour faire rigoler les petits et les grands niaiseux. Puis, je l'ai vu passer de petit délinquant à petit bandit, sans envergure, mais méchant, sadique. Son commerce, c'était la vente de dope aux ados. Douze ans, l'âge des premiers recrutements dans les cours d'école. Viser les plus fragiles, les plus mal dans leur peau et les plus mal-aimés. Une grosse bière en douce, quelques pilules euphorisantes, un petit joint, une caresse (surtout une caresse), et c'était parti.

Les enfants-proies se vendent pour une parcelle d'amour de leur *pimp*.

Tout bon citoyen aurait fait la même chose que moi dans les circonstances. La seule différence, c'est la notion de geste humanitaire : sauver une vie ou débarrasser le comté d'une ordure… Je ne voulais pas que Georges Goyette s'en tire par un service funèbre où on aurait dit : « Il n'a pas eu de chance dans la vie, mais il avait un bon fond. » Mais il s'en trouvera certainement quelques-uns pour pleurer sur sa tombe.

Ce matin, je n'ai pas eu le temps d'écrire. Parce que Josette devait venir me rendre visite avec Félix, les infirmières m'ont préparé, bichonné, parfumé, médicamenté. J'étais même assis dans mon fauteuil quand ils sont arrivés, les jambes allongées sous une sorte de tente couverte d'un drap pour me protéger du mal et les protéger de la vue.

Je n'ai jamais voulu que mon fils ait peur de moi, encore moins peur pour moi.

Nous avons joué une partie de *Clue*. Puis Josette a étendu une nappe à carreaux rouge sur la table de lit et nous avons pique-niqué. C'était joyeux.

Félix a toujours été un enfant curieux et vif. Je n'ai pas été étonné qu'il scrute tout ce qu'il y a de boutons et de branchements dans la chambre, en posant des questions et en cherchant des modes d'emploi. Intéressé, jamais décontenancé ni craintif. Les enfants sont des explorateurs professionnels. Mon fils en tout cas.

Maintenant que je suis captif, je me rends compte que j'aime cet enfant démesurément, mais que notre relation demeure un mystère. Il est une partie de moi, mais il ne me voit pas comme une partie de lui. C'est peut-être ça, l'asymétrie parentale.

Il est 20 h, je suis crevé. J'arrête ici.

Qu'est-ce qui me prend de devenir accro à ce journal au point de lui rendre des comptes ? Peut-être que, à l'instar de Marguerite Duras (rien de moins), je commence à saisir le pouvoir de l'écriture :

> « Écrire, c'est tenter de savoir ce qu'on écrirait si on écrivait – on ne le sait qu'après – avant c'est la question la plus dangereuse que l'on puisse se poser. Mais c'est la plus courante aussi.
> L'écrit, ça arrive comme un vent, c'est nu, c'est de l'encre, c'est de l'écrit, et ça passe comme rien d'autre ne passe dans la vie, rien de plus, sauf elle, la vie. » (Marguerite Duras, *Écrire*.)

Samedi, minuit passé

Le somnifère ne m'a pas assommé. La visite de mon fils me confronte à ma réalité. Alors que j'ai toujours été un combattant, je détourne le regard, je fais l'impasse sur mes genoux ravagés. Mais le déni a ses limites. Si je m'écœure moi-même, comment pourrais-je montrer à Félix à s'affirmer ?

Mon fils. Ma joie, ma consolation, ma vie rêvée, mon paradis terrestre, mon oasis, mon Peter Pan.
Mon bonheur, point.

« Je ne sais combien de temps ça a duré, mais en même temps que je versais ces flots de larmes, j'étais heureux, plus heureux d'être en vie que je ne l'avais jamais été. C'était un bonheur au-delà de toute consolation, au-delà de la douleur, au-delà de toute la laideur et la beauté du monde. » (Paul Auster, *La nuit de l'Oracle*.)

« Au-delà de toute la laideur… »

*

Je suis hospitalisé depuis quatorze jours. Paraît que j'ai craché de la boucane et vomi de la suie. Quand ça s'est calmé, on a retiré les tisons de ma chair, excisé les tissus calcinés et prélevé une bande de peaux saines sur mon thorax pour que le laboratoire procède à la culture des autogreffes. Le gros œuvre de chirurgiens consciencieux dont je me suis à peine aperçu. Pourtant, il y en a eu, des délégations de résidents et d'apprentis entrant dans ma chambre comme dans un saloon.

Le diagnostic les excitait comme s'ils lisaient la fiche technique d'une actrice porno contorsionniste. Mais j'étais en santé et encore capable de faire face à une succession d'interventions. C'est la raison pour laquelle le docteur Graham m'a proposé un nouveau protocole visant à accélérer la guérison. « Si vous participez à notre recherche, on va tellement vous surveiller que vous aurez même pas le temps de penser nous faire une petite infection que déjà, on va l'avoir neutralisée. »

J'ai accepté parce qu'il est toujours plus facile de dire oui que de dire non. Mais un traitement de faveur, ça se paie.

Mes jambes sont devenues le comptoir-lunch de laborantins dissipés qui parlent de tissus comme des designers de mode.

Ça me rappelle une enquête sur le tissu intelligent. Est-ce que mes greffes seront assez intelligentes pour me refaire des genoux regardables ?

Et les médecins, ont-ils un QI à la hauteur de leur prétention ?

*

Je suis un dur. J'ai vu des cadavres en décomposition, des hommes émasculés, des vers sortant par des orbites, des membres sectionnés, en technicolor et en odorama.

Mais là, il s'agit de MES plaies.

Je ne m'habituerai jamais.

« Tu vas devenir une vedette et ton cas sera présenté dans les plus grands congrès du monde. Tu peux être fier de toi ! » s'est exclamée Josette.

Pour le moment, je me répète sur tous les tons : « Tu vas devoir t'accrocher à la morphine, mon homme ! »

Le dimanche est un jour de grâce, à l'abri des transferts vers les salles d'examen, des interventions majeures et de l'entrée intempestive des hordes d'externes. Les patients sont plus détendus, leurs visiteurs moins pressés qu'en semaine. Certains reçoivent au salon et partagent des chocolats, d'autres en profitent pour prendre l'air.

Le dimanche est une journée propice aux gâteries ; à chacun les siennes.

Pour ma part, c'est un jour de congé. Pas de médecins, pas de civilités.

J'ai tout mon temps et je vais essayer de faire de mon mieux.

Lettre à Félix
(Que tu liras peut-être un jour)

Mon très cher fils,

Un peu malgré ta mère, il a été décidé à ta naissance que tu porterais un seul et unique nom, le Bastianello paternel. C'était ma manière de te marquer de mes propres origines, sachant que celles de ta mère te seraient transmises d'office. Comme mes parents sont morts avant ta naissance et que ta tante Elena vit en Italie, comme de plus je savais que tu grandirais dans une région peuplée de Québécois de souche et que tu serais entouré de tes Malo maternels, je t'ai imposé ce seul devoir de mémoire.

Tu portes un nom italien, raccroché à une langue que tu n'as pas apprise et à une culture qui t'est étrangère. Que représente-t-il pour toi ? Est-ce qu'il te fait sentir différent ? Étranger ? Dans la cour de récréation, es-tu parfois appelé l'Italien ou l'immigrant ? C'est stupide, nous n'en avons jamais parlé. Alors, laisse-moi t'expliquer comment je me suis approprié cet héritage, pour que tu puisses le réinventer à ton tour.

Contrairement à Foglia qui a écrit : « J'ai longtemps cru que j'étais né Italien dans une famille d'Italiens, en fait je suis né immigrant dans une famille d'immigrants » (Pierre Foglia, La Presse, 5 août 2013), je suis avant tout un descendant d'Italiens et je porte peu les stigmates de l'exil. Tout cela, je le dois à mes parents.

L'Italie de l'après-guerre était blessée de partout, méfiante et rancunière. Entre le nord et le sud, la richesse et la pauvreté, la politique et la mafia, les fascistes et les résistants, entre des dialectes méprisés et une éducation nationale aberrante, plus personne ne comprenait l'autre. Sauf tes grands-parents qui, bien que réunissant à eux seuls toutes ces oppositions, étaient tombés amoureux. Depuis l'âge de seize ans qu'ils se voyaient à la sauvette et alimentaient leur histoire d'amour à tous les interdits… Ces Roméo et Juliette ont su revoir la fin de l'histoire.

Toute tentative de rapprochement entre les familles calabraises, légèrement mafieuses et chaotiques, et les familles vénitiennes, disciplinées et individualistes, étant vue comme une trahison, mes parents ont forcé le destin. À peine âgés de dix-huit ans et ma mère enceinte de trois mois de ta tante Elena, ils se sont mariés devant un curé et deux passants, quelques heures avant de prendre le bateau qui les mènerait vers… l'Amérique. Pour que leur plan réussisse, mon père avait commis le seul délit qu'il commettrait dans sa vie : puiser quelques sous dans le bas de laine familial. Ma mère, pour sa part, en avait vu d'autres…

Instinctivement, le couple Bastianello a posé ses valises en carton sur la rue Fabre, attiré par des concitoyens moins préoccupés par les frictions du pays d'origine que par les nécessités quotidiennes. Ils étaient tous venus faire fortune dans cette Amérique catholique et, s'ils n'y sont pas tous parvenus, ils ont rabâché les oreilles de leurs enfants avec l'idée que notre vie serait meilleure que la leur, pour peu qu'on travaille fort et qu'on garde l'esprit de famille. Leur solidarité est née de ce leitmotiv.

Dans cet environnement, mon père était minoritaire et l'effervescence l'emporta sur la retenue. J'ai donc appris les règles sociales dans un débordement de spaghetti, où la putanesca provoque des sourires entendus, tant et aussi longtemps qu'elle ne fait pas référence à la sœur ou à la fille. Une discipline rabelaisienne dans un beau désordre. Tes grands-parents avaient fui un pays divisé par ses multiples contradictions, ils en reproduisaient quelques-unes. Ainsi, ayant grandi dans l'oxymore d'une omerta cacophonique qui terrorise par des sourires glaciaux, j'ai été un enfant pile et face.

Seul enfant mâle de la famille, j'ai bénéficié des privilèges, des passe-droits, des échappées belles. Parce que mes parents répétaient sans cesse que j'étais un ange, on ne me voyait qu'avec des ailes. Sans préméditation, je trompais mon entourage naturellement ; j'avais le regard doux, le sourire malicieux et la parole facile. Mais j'étais tout sauf naïf et si j'évitais les bagarres, c'est parce que j'affrontais mes adversaires droit dans les yeux, sans jamais reculer. Bref, à l'adolescence, j'étais un petit baveux. De ceux qu'on laisse tranquilles.

Un peu comme mon compatriote Casanova, qui écrit dans ses Mémoires de Venise : « Doué par la nature d'un extérieur agréable et imposant, joueur déterminé, vrai panier percé, grand parleur toujours tranchant, rien moins que modeste, intrépide, courant les jolies femmes, supplantant les rivaux, je ne pouvais être que haï. »

Bon, d'accord, ce n'est sans doute pas la meilleure référence qu'un père puisse transmettre à son fils…

J'ai gardé des traditions ancestrales un besoin insatiable de plats italiens et de grappa, mais tu sais maintenant pourquoi je vais toujours préférer la polenta e osei ou le risi e bisi au ragù napoletano ou à la pizza margherita. Le nord du pays prend encore chez moi le dessus sur le sud.

Félix, je te fais cadeau de ce que j'aime :
Le café, ristretto.
L'Amarone et le tiramisu.
Les cuirs écorchés, les lainages usés, les velours aplatis.
Les couleurs sombres et les matières nobles.
Le marbre froid, les tuiles usées, les bois cirés.
Les Fiat 500 et les Ferrari rouges.
Les fauteuils défoncés, les portraits anciens, les horloges détraquées.
J'aime ce qui a vécu, même avant moi, même sans moi.

Je t'aime, TOUJOURS.

Ton père

C'est le docteur Graham qui serait content s'il savait que j'ai occupé ma journée de congé à écrire à mon fils ! Mais contrairement à ce qu'il pourrait croire, c'est venu naturellement, sans qu'il n'ait eu besoin d'intervenir...

*

— Elle est où, cette chapelle où tes parents se sont mariés ? m'a demandé Josette quand je lui ai raconté l'histoire, quelque temps après qu'on se soit rencontrés.

— Un petit village appelé Bassano del Grappa, ai-je répondu avec appréhension.

— Del Grappa ? Pas vrai ! C'est pas un lieu, c'est un héritage, une tare ! C'est pire qu'Obélix dans la potion magique.

— Grappa comme la montagne, pas comme l'eau-de-vie.

— Ils doivent tous dire ça, dans ton village. Je veux y aller !

— Quand je serai sûr que tu me feras pas le coup de la fille enceinte dont l'honneur ne pourra être sauvé que par le mariage.

Je peux être aussi ironique qu'elle quand je veux !

Dimanche soir

Parmi ses lectures suggérées, Josette a superposé des « classiques de la littérature policière » en proposant un jeu. Pourquoi devrais-je m'identifier à l'un ou à l'autre ? Spade, Marlowe ou Laviolette ? Montale ou Wallender ? Brunetti, Montalbano ou San Antonio ? De type américain, chinois ou scandinave ? Incorruptible, rusé ou désabusé ? Homme de terrain maladroit qui se prend des baffes ou fin raisonneur qui n'a pas besoin de sortir de son bureau pour trouver l'assassin ?

Ridicule !

Faut-il vraiment que je me définisse comme policier ? Ai-je besoin de leurs phrases si bien tournées pour me voir tel que je suis ?

*

N'empêche que policier, c'est pas un métier ordinaire…

Pour la deuxième fois aujourd'hui, je vais tenter de faire de mon mieux.

Lettre à Félix II

Mon très cher fils,

Je n'irai pas par quatre chemins, je ne veux pas que tu sois policier. Quand viendra le temps de choisir une profession, de grâce, trouve autre chose.

Bien sûr, l'image peut être séduisante, tout un attirail au service de la justice et de la protection du citoyen. Et puis c'est l'action, l'aventure, l'adrénaline garanties. Et que dire du pouvoir ? J'ai moi-même succombé. Mais la réalité est tout autre. On s'engage dans une vie de mensonges et de solitude parce qu'on ne laisse jamais les cadavres à la porte. Ils s'entassent un après l'autre au fond de nous, toujours prêts à refaire surface.

Alors, laisse-moi te parler d'un travail dont je suis fier, mais qui ne m'a jamais rendu heureux.

C'est à cause de la ruelle de mon adolescence que je suis entré à l'École de police. Une ruelle de la Petite Italie qui tenait lieu de terrain de jeu, de garage, de garderie, de motel. Un espace clos rythmé le jour par les brassées de lavage, les retours de l'école, les tournois de balle, les bravades entre bandes adverses et les repas. Des jeux et des taloches anodins, qui laissaient présager les plaisirs et les terreurs nocturnes.

Dans ce quartier, comme le dit l'inspecteur Fabio Montale à propos de Marseille, « chacun savait pourquoi il vivait ici et pas ailleurs. L'amitié qui flottait là, dans les vapeurs d'anis, tenait dans un regard échangé. Celui de l'exil de nos pères. Et c'était rassurant.

Nous n'avions rien à perdre, puisque nous avions déjà tout perdu ».
(Jean-Claude Izzo, Solea.)

De ma ruelle, j'ai appris à observer ceux qui bombaient le torse pour faire chanter, danser, cracher, frémir, blesser ou humilier les plus faibles. Passe encore quand c'était pour se sortir de la misère et même pour s'en mettre plein les poches. Mais j'enrageais quand c'était pour le seul plaisir de voir la peur dans le regard de l'autre. Je n'ai pas un sens inné de la moralité, mais très jeune j'ai détesté la facilité avec laquelle certains font régner la terreur. Parce que « les biens acquis trop rapidement sont la plupart du temps pris sur le dos des plus faibles », disait ton grand-père.

Je suis aussi devenu policier à cause de l'image des hard boiled américains, ces policiers de cinéma au regard sombre et à l'imperméable beige, leurs émotions étouffées au fond des poches. J'aimais autant leur allure que les arrangements qu'ils faisaient avec la loi et l'honneur. Je voulais traverser la vie comme eux, d'un pas assuré et un scotch à la main, le soir, pour oublier. Mais le regard fuyant, le poing brutal et le cri primal n'étaient pas dans ma nature. À la fin de l'adolescence, j'avais acquis les caractéristiques vénitiennes de mon père : je parlais bien, j'étais en tout point élégant, je séduisais à coups de galanterie così italiana. Ce serait ma marque de commerce dans un univers lourdaud.

Au cours de mes années à l'École de police, j'ai pris le temps de bien définir mon créneau : je serais aussi indépendant des hiérarchies mafieuses que policières. Les règlements de comptes où chacun n'a que ce qu'il mérite, selon la logique des gangs organisées, et les crimes passionnels où la victime désigne le coupable par sa seule mort, selon la logique des quoi-que-ce-soit-ticides, ne m'intéressaient que très peu. Par contre, les vrais tordus qui se terrent comme des hyènes tout en se fondant dans la masse, ça, ça m'intéressait. C'est ainsi que je me suis spécialisé dans la recherche des humains au cerveau reptilien qui carburent au sang, à la peau, au sexe de leurs victimes. La place était libre, les fous du crime usent à la corde.

Je suis inspecteur au Service de police de la Ville de Montréal depuis près de vingt-cinq ans et, quand tu es né, je dirigeais déjà une petite escouade spécialisée dans les crimes les plus sordides. Une tête dans une poubelle, un homme castré échoué au bord d'une rivière, des lambeaux de peaux humaines tatouées trouvés dans un repaire néonazi, c'est pour nous.

Je suis aux trousses de monstres et j'interviens toujours après qu'ils ont frappé. Quand le pire est à venir, comme l'a si bien écrit un auteur sicilien :

« — Je vais vous expliquer pourquoi je considère ce qui vient comme le pire.
— Parce que vous devez parler d'un assassinat ?
Montalbano regarda l'antiquaire bouche bée.
— Pour ça, vous croyez ? Non, les assassinats, j'y suis habitué. Je considère que c'est le pire parce que je dois abandonner les faits concrets et pénétrer dans l'esprit d'un homme, dans ce qu'il pense. » (Andrea Camilleri, La voix du violon.)

« Pénétrer dans l'esprit d'un homme… » Contrairement à Montalbano, pour moi, le plus difficile, ce n'est pas d'y parvenir (les voies de la folie peuvent être assez facilement pénétrables), mais de m'en débarrasser. À penser comme eux, on risque d'aligner sa propre conception de la normalité sur leurs perversions.

Pire. On risque de se croire supérieurs à eux, juste parce qu'on parvient à trouver des failles dans des raisonnements tordus.

Pire encore. On peut chercher à les défier, pour se mesurer à eux et les dominer. Alors, on devient aussi fou qu'eux.

Aucun père ne voudrait ça pour son fils.

Félix, je suis entré dans la police sans savoir que j'entrais au cloître. Pas dans le sens des vœux canoniques, mais pour ce qui est de l'isolement. La rage, la dépravation, le sadisme, l'horreur ne se laissent pas au vestiaire. Enfin, moi, je n'ai pas pu. Mon mariage a été un fiasco et mes amis m'ont fui petit à petit. Mes parents sont morts et la portion de la famille qui survit se débrouille bien sans moi. Ma vie sociale est en dormance.

Sauf en ce qui te concerne, ça c'est bien vivant. Tu es mon plus solide repère.

Voilà, j'en ai assez dit. Tu feras tes choix et je serai toujours avec toi, quoi que tu fasses.

Ton père

Dimanche, très tard

Écrire cette lettre à Félix m'a ébranlé. J'ai dressé un portrait plutôt sombre de la réalité, et pas uniquement à des fins pédagogiques. Je pense sincèrement ce que j'ai écrit, la dimension lyrique en moins.

À bien y penser, une enquête de police se résume à une procédure simple : chercher des informations, les analyser et établir des preuves. Je ne saurais pas dire quelle est la part exacte de l'intuition et de la déduction dans cette suite : j'ai suivi avec conviction des pistes qui ne menaient nulle part et des preuves évidentes m'ont échappé. Mais, dans l'ensemble, je suis assez doué pour comprendre la nature humaine et ses instincts inhumains, les rages passionnelles et le désir démesuré de posséder autrui ou son bien. Alors, je cherche le petit rien qui fait la différence et, quand je crois l'avoir trouvé, je fonce.

Côté pile, côté face. Être retors et compatissant, avec les truands comme avec les victimes.

Même si parfois je crois que la justice est mal adaptée aux criminels les plus rusés ou les mieux nantis, je la préfère au lynchage public. Sauf que je pourrais fermer les yeux si un honnête citoyen à la conscience élastique décidait de nettoyer un dépotoir.

(Un dépotoir ! Sans un coup de pouce extérieur, je n'aurais jamais pensé utiliser ce mot.)

> « Y a plus d'un salaud qui vit dans ce dépotoir, plus d'un
> sac à bière et d'une éponge à rhum et toutes sortes de
> détraqués. Ça peut être n'importe lequel d'entre eux, et

peut-être que tu ne sauras jamais vraiment qui c'est ? »
(David Goodis, *La lune dans le caniveau*.)

Quand on intervient auprès des gangs plus ou moins organisées, c'est vrai que « ça peut être n'importe lequel d'entre
eux »… Les loups solitaires comme les chefs de gang déteignent
sur chaque membre de la meute. À bien y penser, si j'ai choisi
de me concentrer sur les détraqués uniques en leur genre, c'est
sans doute parce que j'ai eu peur d'en venir à frapper dans le tas
aveuglément, indistinctement.

Dans ce métier, il faut avant tout se protéger contre soi !

*

Paradoxalement, les horreurs de mon travail attirent les
voyeurs médiatiques. J'ai appris à jouer de mon image publique.
Avec modération. Je ne fais pas de la police-spectacle, je ne
contribue pas à conforter les gens dans leur certitude d'être
meilleurs que les charognards qu'ils voient à la télé, menottes
aux poignets et aux chevilles.

Est-ce que je peux dire que j'aime mon travail ? J'aimerais
surtout savoir qu'il n'est plus nécessaire, que le monde est bon
et que personne ne décapite, n'écorche, ne trucide ou n'empale
son voisin ! Mais les vicieux existent et je suis doué pour les
pourchasser, sur leur terrain, dans les recoins, à travers les méan-
dres d'indices qu'ils sèment sans ou avec intelligence.

*

Qu'est-ce qui me prend de parler de mon métier au présent ? Dans ce lit, impuissant et démuni, je ne suis plus policier. « Je ne suis plus géant, je ne suis plus canaille, je couve ma santé et je ménage mon cœur », chante Jean-Pierre Ferland.

Mes grands principes, mes ambitions et mes présomptions n'ont aucune valeur, n'offrent aucune garantie.

N'offre aucune garantie non plus ma capacité à raisonner. Mes « cellules grises », aurait dit Hercule Poirot, sont en gélatine, et ma réserve de concentration se compte en minutes.

Plus la journée avance, plus je régresse !

*

Dans mon champ de mines dévasté, Josette fait exception : les empreintes que laissent sur moi les scènes d'horreur qui meublent mon quotidien ne l'effraient pas. Ne lui appartiennent pas non plus, et elle me le fait sentir. Pourtant, sans jamais tomber dans la commisération gluante, elle sait comment me ramener à une relative douceur de vivre, avec ses bains, ses huiles, la grappa et ses mains magiques.

*

Est-ce que je suis contraint à l'honnêteté dans ce journal ? Faut-il que je parle des femmes qui sont passées dans ma vie, qui s'y sont accrochées le temps d'une illusion et sont reparties avant ou après les grandes déceptions ?

Faut-il que je parle de mon talent « naturel » de séducteur, dont j'ai largement tiré profit ?

Pourrais-je séduire à nouveau si je me voyais diminué ?

*

Je viens de me relire. Tout compte fait, ce carnet est une sacrée thérapie ! Entre le délire, l'affabulation et les idées noires, j'ai rempli des pages sur mon enfance au sein de ma famille italienne, ce qu'elle a laissé de traces auxquelles je ne pense jamais parce qu'il faut aller de l'avant.

J'ai aussi adressé deux lettres à Félix. Écrites dans mon cahier et non sur du papier à lettres. Acte manqué : mon inconscient m'a imposé de ne pas les lui remettre. Mais mon conscient sait que des pages, ça se détache...

Je dois le reconnaître : Josette a maintes fois été mes yeux, mes oreilles, ma voix, mes bras et mes jambes auprès des médecins et du personnel. Pendant que je m'égosillais à réclamer mes médicaments et mes soins, là, tout de suite, maintenant, elle a vu au long terme pour que je sorte d'ici avec le moins de séquelles possible. À court terme, elle a veillé à ce que j'aie au moins un repas de grâce par jour, prétendant qu'on ne peut pas survivre à la gastronomie de l'hôpital.

Mais les privilèges ont une durée limitée et je savais que Josette ne pourrait pas réserver à mes douleurs l'exclusivité de son attention. Depuis peu, elle improvise des petits bienfaits et distribue quelques largesses chez mes voisins. À croire qu'elle vise le titre de bénévole de l'année. Pour justifier ses escapades, elle m'a lancé avec de plus en plus d'insistance des « C'est à toi de... », « Il serait peut-être temps que tu... », jusqu'au jour où...

— Bon, assez gratté le bobo. Si tu continues, tu vas écrire des chapitres interminables sur tes amours déçues, les feux ardents de la passion, les bombes incendiaires, les pétards mouillés, les étincelles bon marché, les brasiers refroidis, les rêves en ruines, ton mariage en cendres...

— C'est fini, les métaphores ?

— Ben c'est ça que ça fait, de brasser le passé avec le tisonnier. Regarde dehors, ce sont les plus beaux jours de l'automne.

J'ai crâné.

— Avec ses couleurs flamboyantes, non merci.

N'empêche que dehors... Dehors, c'est devant.

Josette a insisté, plantée devant la fenêtre.

« Savais-tu que Claire et le préposé à l'accueil covoiturent ? »

« Tiens, ton chirurgien conduit une Subaru âgée. Je pensais qu'ils avaient tous des Porsche. »

« Je peux pas comprendre que des femmes arrivent à l'hôpital en talons hauts. »

Je l'ai devancée.

— Avoue donc que t'es tannée de mes quatre murs !

— Je suis pas tannée de toi, je suis tannée pour toi. Tu vas finir par ne plus avoir d'épaisseur à force de t'incruster dans ton matelas.

— Oui mais tu me déprimes avec ta vue imprenable sur le stationnement.

— C'est amusant de faire des statistiques. Combien de personnes par voiture ? Quel est le temps moyen des visites ? Qui voyage seul, en duo, en groupe ? Depuis le temps que tu joues à la police, tu sais bien que les arrière-cours sont plus excitantes que les rues ouvertes. Et les fumeurs, tu as pensé aux fumeurs ? Quelle solidarité se tisse autour d'une cigarette interdite ? Tiens, demain je vais t'apporter des jumelles. Tu pourras chercher qui a quoi à se reprocher dans tout ce beau monde qui entre par-derrière. Tu feras marcher ton détecteur de menteurs. Il suffit de déplacer un peu ton fauteuil. Et puis, comme ça, ton carnet servira pas juste à ressasser ton vieux vécu.

— Toi pis Graham, vous vous êtes passé le mot pour m'animer ?

— N'importe quoi !

— Puisque ça te démange, commence donc par me parler de mes voisins. Tu les connais tous par leur petit nom, j'en suis certain.

Oui, Josette les connaît tous, accolant leur numéro de chambre à leur nom. Il y en a de tous les âges, de toutes les conditions. Accidents de travail ou de cuisine, ils payent cher leurs négligences.

Certains sont défigurés et feront peur pour le reste de leurs jours, même après des dizaines de chirurgies esthétiques. D'autres ne parleront plus, ne marcheront plus.

Je compte parmi les chanceux.

— Et qu'est-ce qui se dit sur moi ?

— Les infirmières sont sous le charme, tu le sais bien. Même perclus au fond d'une chambre vert pâle assortie à ton teint, tu es irrésistible.

— Niaise-moi donc ! Qu'est-ce qui circule à mon sujet ?

— Tu es surtout désigné comme l'Italien de la 3124. Parfois comme la police de la 3124.

— Sans plus ?

— Si tu veux tout savoir, t'es beau, mais t'as l'air bête. En plus, tu te plains pour rien, avec juste tes deux petites brûlures aux genoux. Pis t'as des privilèges.

— Donc, mes voisins sont pas très compatissants.

— Et toi, tu compatis avec lequel d'entre eux ?

— *Cheap shot*, Josette. Je suis un solitaire, tu le sais.

— Tout le monde le sait à l'étage.

— J'ai le droit de pas vouloir que tout un chacun vienne me raconter ses malheurs !

— Oui, je sais, tu te cherches pas d'amis. Mais si l'homme est un tantinet misanthrope, le flic pourrait quand même s'intéresser à l'extérieur de sa petite personne.

74

— Juste pour me distraire ou parce que je pourrais en apprendre des belles ?

— À toi de le découvrir.

— Tu vas pas m'inventer un criminel recherché par toutes les polices du monde dans la chambre d'à côté ? Le visage caché sous d'épais bandages, mais qui peaufine un plan de sortie diabolique…

— Y a pas que des criminels dans la vie.

— Y a aussi des victimes, je sais. Allez, ça te brûle les lèvres de m'en parler…

— Oui, mais je travaille pas pour la police. Ce qui se dit entre eux et moi reste entre eux et moi. Secret professionnel. Peut-être que le dynamique bénévole Mario serait plus bavard.

Soudain, j'en ai eu assez. Je me sentais comme un vieil impotent infantilisé que des bonnes âmes s'échinent à animer. J'ai haussé le ton.

— Qu'est-ce que tu me fais là, avec tes devinettes ? Tu cherches quoi en m'inventant des mystères ? C'est uniquement comme ça que tu me vois, comme un chien de chasse qui débusque des bêtes sauvages ? Tu m'agaces avec tes fausses énigmes. Puis toi, dans ta vie, il se passe rien ? T'as rien à raconter ? T'existes pas en dehors de moi ? Faudrait que tu me lâches un peu, ça devient malsain.

C'était méchant et gratuit.

N'empêche, elle m'énerve !

*

Pourquoi devrais-je m'intéresser à mes voisins ? Par compassion ? Par solidarité ? Je me fous des squelettes cachés dans leur placard.

Et si une vieille connaissance se cachait parmi eux ?

Ouais, là, ce ne serait pas une bonne nouvelle, étant donné la nature de mes vieilles connaissances.

Et si un complot se tramait contre moi…

Après ça, ils viennent se plaindre que je fais des cauchemars !

Mardi 25 septembre, 10 h

Journée mouvementée en perspective : on va me trimballer de gauche à droite pour les examens et les soins préopératoires. Ma job : me laisser faire, être gentil et rappeler aux infirmières l'heure de mes analgésiques.

Mardi, 21 h

Journée sans surprise. Je me suis laissé faire, j'ai été gentil et j'ai attendu ma morphine.

*

Ici comme ailleurs, chacun a ses chouchous et ses souffre-douleurs. Je suis le chouchou de Claire. Elle passe dix fois par jour pour me remonter les oreillers et le moral. Quand je l'appelle Clara ou Chiara, elle rougit. Si je dis garde Savard, elle me tire la langue.

Josette, elle, c'est avec le docteur Graham que ça clique.
— Vincent, tu réalises pas, le docteur Graham fabrique de la peau ! C'est fascinant.
Pour lui donner le change et ne pas avoir à lui demander ce qu'elle trafique avec lui, j'ai répliqué :
— Claire, tu la trouves comment ?

— Totalement dévouée. Mais un peu ordinaire.

Fin de la discussion sur nos favoris.

*

N'empêche que le docteur Graham m'intrigue.

J'ai cru que j'avais un statut privilégié à cause du proto-cole expérimental dans lequel nous sommes engagés. Le docteur Graham agit, opère, prélève et greffe ; il scrute et soupire, mais depuis quelques jours, ce n'est pas de ça qu'il veut parler. Comme si mon art l'intéressait plus que le sien.

— Vous travaillez à quel département du SPVM ?

— Je dirige une escouade spécialisée dans les crimes extrêmes.

— Extrêmes ?

— Tueurs vicieux, cadavres démembrés, scènes infectes.

— Je comprends. Moi aussi, j'en vois tous les jours des corps mutilés.

— Détrompez-vous, on fait pas le même travail, docteur. Vous intervenez sur des vivants, j'avance à travers les morts. Je suis pas payé pour sauver des vies, mais pour envoyer des tueurs en prison. Des vrais tueurs, qui ont déjà tué, qui tueront encore.

— Puis quand vous en trouvez un, vous pensez quoi ?

— Que je l'ai trouvé !

— Jamais de doute ?

— Pas sur ce plan, non.

— Est-ce qu'il vous est déjà passé par la tête de court-circuiter le processus de la justice ?

— Avez-vous déjà pensé qu'un patient ne méritait pas d'être soigné ?

Les confidences coûtent aussi cher à l'émetteur qu'au receveur. Nous nous sommes tus.

— Étrange métier, non ?

— Vous avez pas idée !

Dans un autre contexte, je lui aurais offert un apéro et on aurait poursuivi cette conversation sans arrière-pensée ni attente. Mais je n'étais pas certain qu'il n'y avait pas d'attente. Et le docteur Graham avait une chirurgie à l'horaire le lendemain matin. La mienne. Valait mieux qu'il se repose.

J'ai quand même fait une petite vérification sur mon état mental.

— On dit que je délire la nuit. Pourtant, j'ai vraiment l'impression de vous avoir entendu parler dans ma chambre, il y a quelques jours.

— Qu'est-ce que je disais ?

— Vous sembliez inquiet. Un truc qui marchait pas. Un problème à régler, rapidement.

— J'ai toujours des problèmes à régler.

Rien pour dissiper mes doutes…

*

Résoudre l'énigme du mystérieux individu qui loge à deux portes de ma chambre ne m'a pas demandé toute ma science. Une seule question à Claire.

Une histoire comme j'en ai entendu des dizaines : un caïd qui voulait faire parler un petit *dealer* l'a menotté à une chaise et a passé un briquet sous son nez. Un geste maladroit et la chemise de la victime, en nylon pur synthétique, s'est enflammée comme du pétrole. Bilan : brûlures au troisième degré sur 70 % de son torse.

J'ai une crapule doublée d'une victime comme voisin. *Big deal!*

Qu'est-ce qu'elle croyait, Josette ? C'est sans intérêt, je ne joue plus à la police.

Je n'y ai jamais joué, d'ailleurs. C'était un métier, pour lequel j'étais doué et auquel j'ai consacré toutes mes énergies et mon talent. Un travail qui m'a donné beaucoup de satisfactions.

Mais tout cela a pris fin le 6 septembre dernier.

Et rien n'indique que je m'y remettrai un jour. Un enquêteur qui ne va pas sur le terrain, j'appelle ça un gestionnaire de dossiers. Très peu pour moi !

*

J'éteins, on me fait une greffe demain à sept heures. Des heures de souffrance et de colère en perspective.

Sacrament, Bastianello, t'aurais pas pu laisser la police faire sa job ?

Jeudi 27 septembre, 19 h

Une boule de feu me dévore. Respirer m'étouffe. Penser m'asphyxie.

Hurler m'a soulagé : « Je vous maudis tous, bande de sadiques. »

Aïe, mon cœur, je comprendrais que tu refuses de battre encore.

Les brumes d'un long cauchemar se dissipent lentement.

Déjà ce matin, l'infirmière a pu entrer dans ma chambre sans que je la maudisse.

Est-ce parce que j'ai été si odieux que le personnel chuchote dans mon dos ?

J'entends des rumeurs, je sens le complot.

« Même les paranoïaques ont des ennemis. »

Vendredi, 14 h

Claire est arrivée trente minutes avant l'escadron pour me préparer : installer un champ stérile – qui me protège des bactéries et me coupe la vue –, me donner une injection et mettre le matériel en place. Elle m'a aussi prévenu que je me sentirais « peut-être » dépossédé de mon corps confié à la science. Puis le docteur Graham s'est pointé, flanqué de ses trois apprentis couturiers. Ils avaient même apporté leur appareil photo. Ils ont retiré les pansements postopératoires avec une précision… chirurgicale, et, malgré l'anesthésie locale, j'ai eu l'impression qu'ils m'écorchaient vif. Tous sont partis satisfaits au bout de vingt-cinq minutes de signes cabalistiques, me laissant pour mort.

Ou presque.

*

Pendant qu'ils trifouillaient dans mes chairs, j'ai demandé à voir.

— Va falloir vous accrocher, monsieur Bastianello, c'est pas joli, a répondu le docteur Graham.

— Vous devriez attendre, demain ce sera déjà mieux, a ajouté ma bienveillante Claire.

J'ai joué les durs.

— C'est sûrement pas pire que le corps de Juste Toussaint putréfié dans des peaux de serpent !

J'avais tort. Cette toute petite surface violacée, raboteuse, visqueuse est certainement la chose la plus répugnante que j'aie vue.

J'ai l'impression que cette partie si laide de moi me nargue, veut m'apprendre quelque chose. M'humilier ? Me faire payer un dû ? Me changer ?

Je divague.

*

Aujourd'hui, je ne veux me projeter qu'avec ma peau d'autrefois.

Je me vois plus grand que nature, exécutant des mouvements de *capoeira* compliqués.

J'ai trente ans, je suis beau, droit et fort, je danse avec panache.

Rien n'entrave mon audace et ma confiance.

Je séduis, j'enlève mon pantalon sans pudeur.

La morphine agit enfin, je vais dormir.

Le docteur Graham sort de ma chambre à l'instant. Il a commencé par me faire un résumé des soins passés et à venir.

— Mercredi, j'ai greffé la peau cultivée sur votre genou droit. Grâce aux protéines que nous utilisons, elle devrait se raccorder aux tissus ambiants rapidement et sans provoquer d'infection. Dans quelques jours, si tout va bien, nous pourrons commencer la réadaptation de votre jambe. L'avantage avec ce type de peau, c'est qu'elle ne se rétractera pas autant que la peau naturelle et s'amalgamera nettement mieux à la peau saine que ne le fait la peau synthétique. Dans une dizaine de jours, encore si tout va bien, nous commencerons à installer la greffe principale sur l'autre genou. Pour couvrir l'ensemble de la plaie, il nous faudra au moins trois chirurgies. La surface est plus grande et les tissus ambiants sont plus endommagés. Alors je vous préviens, ça va faire mal ! D'ici là, il faudrait que vous commenciez à bouger, ce sera cela de pris. Nous avons une physio intégrée à notre équipe de recherche. C'est elle qui va surveiller l'évolution de la plasticité de vos tissus. Vous allez voir, elle est très bien.

— Est-ce que je dois m'attendre à quelque chose de particulier ?

— Non. Elle va tout vous expliquer.

— Tout se déroule selon le plan?

— Oui. Je suis plutôt content.

Sa consultation professionnelle s'est alors transformée en une étrange visite de courtoisie. Il observait le pansement comme s'il pouvait admirer son œuvre au travers. Pourtant, le tapon de gazes blanches bien scotchées à la peau saine ne laissait rien voir.

— C'est prometteur.

— Tant mieux.

— Je suis vraiment fier de mon protocole.

— J'en suis fort aise.

Bien qu'empêtré dans des politesses, le docteur Graham ne manifestait aucune intention de partir. J'ai laissé couler. C'était son malaise et non le mien.

— Vous réagissez bien au type de peau que j'ai utilisé. C'est très satisfaisant.

— Vous m'en voyez ravi.

— Oui, ce que je vois me plaît.

— C'est gentil à vous de vous être déplacé, docteur Graham.

— Bah, c'est normal. Vous êtes mon cobaye, si le mot ne vous gêne pas.

— Pourvu que vous connaissiez vos limites, quand il s'agit « d'expériences sur des humains ».

Il a saisi la balle au bond :

— Et vous, savez-vous toujours où tracer la ligne ? On est tous un peu des apprentis sorciers. Sinon, on ne vous ferait pas signer des pages de décharge.

Je n'avais rien à répondre à cela.

— J'ai un peu lu sur vos états de service. Impressionnant. C'est étonnant que vous soyez à peu près normal après tout ça. Psychologiquement parlant.

— À ce propos, docteur, on dit que les chirurgiens développent des comportements sadiques pour parvenir à se détacher de toute la douleur d'autrui.

— Sadique, c'est un bien grand mot.

S'en est suivi un échange absurde. Des questions sans réponse, des réponses à aucune question. Au fond, il voulait que je lui raconte les sadiques déjantés, les sociopathes vicieux, les tortionnaires illuminés… Pourquoi ne dîne-t-il pas simplement avec ses copains psychiatres à la cafétéria de l'hôpital un bon midi ?

— Vous ne trouvez pas étrange de devoir composer quotidiennement avec des gens qui ont une vision du monde totalement différente de la vôtre ?

— Et vous, docteur, n'avez-vous pas une vision de la santé différente de celle de vos patients ?

— Sans doute. Mais il n'y a pas que les patients. Nous sommes confrontés à tout un système.

— La foutue hiérarchie administrative…

— Si ce n'était que ça, inspecteur… Mais dans le domaine de la recherche, de très grosses sommes d'argent sont en jeu. C'est une question de survie, même. On ne peut pas faire autrement que de remettre les choses en perspective. Ce qui est bien pour les uns est mal pour les autres. Il faut parfois se faire violence…

C'était clair : le docteur Graham avait un problème de conscience et j'avais été élu confident de l'heure. Ou confesseur. Très certainement parce qu'il présumait qu'à cause de mon métier, j'en avais entendu de toutes les couleurs. J'ai répondu avec bienveillance, banalisant ainsi son « crime ». Une vieille tactique qui marche parfois.

— Bof, assister à des cocktails de financement ou dîner avec des représentants de consortiums pharmaceutiques ne fait de mal à personne et tant mieux si ça rapporte gros.

— Je ne parle pas de quelques mondanités. Je parle de faire des bassesses, de se soumettre. Ça commence par une petite transgression, présentée comme un simple échange de bons procédés. Puis c'est parti, on est à la merci de notre pourvoyeur.

— Sauf votre respect, docteur, vous parlez comme une vieille pute.

Le docteur n'a pas l'habitude qu'on lui parle de la sorte. *Exit !*

*

À bien y réfléchir, je suis plutôt fier de ma conversation avec le docteur Graham. J'aime indisposer ceux qui ne font que des moitiés de confidences. Si l'autre moitié ne vient jamais, je m'en serai tiré à bon compte. Je n'aurai été qu'un déversoir ponctuel pour son trop-plein de mauvaises pensées. Mais s'il veut poursuivre, il devra me prendre de front.

Ce matin, Claire et Carmen ont été attentionnées comme jamais. J'ai été lavé, coiffé, parfumé et juste un peu rasé. Je sens le propre, selon elles ; la catin, selon moi. Je suis assis dans mon fauteuil avec ma tente protectrice au-dessus des genoux.

Je suis présentable et suffisamment médicamenté pour accueillir mon fils comme un père sain de corps et d'esprit.

J'espère que Josette a prévu un joyeux pique-nique. Je rêve d'un assortiment de *cicchetti*. Je rêve d'un repas sans arrière-goût chimique. Je rêve de voir de l'appétissant, pour déjouer le coupe-faim appelé morphine.

Je ne croyais pas que cela arriverait aussi tôt. En fait, je n'avais même jamais envisagé que cela arriverait un jour. Comment ai-je pu être assez innocent pour croire mon fils à l'abri de toutes les bassesses du monde ? La réalité m'a rattrapé !

Comment expliquer à son enfant ce qu'est un *dealer* ? Un *pimp* ? Un tueur à gages ? Un pédophile ? Un prédateur sexuel ? Comment lui faire comprendre qu'ils feront tout pour ne pas laisser voir qu'ils sont cruels ou vicieux ?

Que la sémantique a peu à voir avec la réalité de ce qu'un humain peut faire subir à d'autres humains pour son propre bien ? Que dans la tête des désaxés, la folie est synonyme de quête de justice ?

Félix voulait savoir qui était ce Goyette dont la mort avait fait le *buzz* de la semaine dans la cour de son école.

Je me suis perdu dans mes explications, emmêlé dans un vocabulaire technique et dans des principes généraux. La loi et l'ordre, les délits, les crimes et les châtiments. Trop de détails sur ce qu'un adulte est prêt à faire pour subjuguer, soumettre, posséder un enfant. En voulant faire vrai, j'ai oublié l'essentiel : Félix était perturbé parce que son père avait été mêlé à la mort d'un homme connu dans le quartier.

Josette m'a sorti du bourbier philosophico-éthique avec une question bien concrète.

— Comment tu l'as su, pour Georges Goyette ? a-t-elle demandé à Félix.

— Bah, à l'école.

— Qu'est-ce qui se disait ?

— Bah, pas grand-chose.

— Comme quoi ?

— Que Goy est mort.

Félix a répondu distraitement, concentré sur les pièces du *Clue*. Je n'ai pas aimé cet air faussement détaché.

— Et puis ?

— Que c'est à cause de mon père.

— À cause ? Non ! Ton père l'a sorti de la cabane où il avait lui-même mis le feu. Si Vincent l'avait pas sorti de là, il serait mort sur place. Personne a dit ça à l'école ?

— Bah, un peu.

Moi qui ai toujours fait en sorte que ma vie de flic n'atteigne pas Félix, là j'ai royalement raté mon coup. Félix a été éclaboussé par mon « exploit » et, à son école, les rôles de victime et de coupable ont été inversés.

Qu'est-ce que je peux faire, momifié dans un lit d'hôpital, la tête en Jell-O et les jambes en feu ?

*

Passer quatre heures avec mon fils m'a épuisé.
Faire comme si
      je n'avais pas mal ;
      je n'étais pas dopé à mort ;
      de rien n'était.
Et surtout vivre avec le début d'une ombre noire qui s'immisce entre lui et moi.

Félix

Félix est mon fils à temps complet. Je suis son père à temps complet.

Seul le temps est partagé.

C'est quand même étonnant ! Après ces douze années passées ensemble, le lien qui nous unit demeure une abstraction. L'amour que je lui porte, ça oui, je peux le qualifier – total, inconditionnel, indéfectible, absolu… Mais [lui + moi] n'est qu'oxymore : il est à la fois autonome et un peu moi, il ne m'appartient pas et pourtant nous utilisons les mêmes possessifs. Je devrais être son modèle et c'est moi qui marche dans ses pas.

Félix est un enfant du nouveau millénaire. Alors que tous attendaient l'Apocalypse, sa mère et moi l'attendions, lui. Nous voulions vraiment un enfant et celui-là nous a comblés.

Pas une nuit d'insomnie, pas une rage de dents, pas un caprice n'auraient pu sembler une corvée. Il était ce que j'avais de plus précieux et l'aurait été même avec trois yeux, douze doigts, hermaphrodite et galeux.

Pourquoi ai-je utilisé le temps passé ?

Non, ce n'est pas parce qu'il m'échappe, mais parce que maintenant, je sais : il est beau, éveillé, vif, curieux. Il me fascine, me discipline, me botte le cul. Me séduit, m'ensorcelle, me déjoue.

(Je devrai m'en souvenir quand il sera adolescent, flan mou, désarticulé, manipulateur, un brin menteur et franchement niaiseux.)

Félix, que j'ai voulu à l'abri du monde sordide qui fait mon quotidien, que j'ai soustrait au monde de brutes dans lequel je vis, Félix me rattrape avec sa propre histoire de bandits. Aujourd'hui, il mène ce qui est peut-être son premier combat existentiel : entre son père et son groupe, il est confronté à deux fidélités, deux autorités, deux mythologies.

C'est toute une image de héros que je lui donne : invalide, incompétent et drogué à l'os !

*

Journée de congé pour tous. Pas vu Josette, pas vu le docteur Graham, pas vu Claire, Louise ou Carmen. Juste quelques entrées et sorties de jeunes (ou moins jeunes) infirmières qui faisaient l'entretien quotidien et la distribution des drogues.

Des voisins aussi, qui auraient aimé dialoguer. Ils ont monologué et sont repartis contents.

Le docteur Graham est passé aux aurores avec sa horde de mouches qui s'est jetée sur ma plaie comme sur du miel.

Et que ça s'extasie, et que ça se congratule !

« Eh ! oh, les docteurs Jekyll ! Il y a un être humain doté d'intelligence ici. Je suis pas juste le support de votre invention bionique ! »

On me dévisage comme si j'étais un extraterrestre. Graham termine son laïus et renvoie sa bande.

— Désolé, Monsieur Bastianello, l'enthousiasme nous a gagnés. On n'avait jamais eu de résultats aussi probants. Les greffes se sont amalgamées à la chair avec une rapidité inespérée. Comme je vous l'ai déjà dit, on a ajouté une protéine à notre ancien protocole et les essais en laboratoire étaient prometteurs. Mais le voir en vrai nous a fait perdre la politesse la plus élémentaire.

— Vous l'aviez jamais testé avant ?

— Oui, mais dans des mauvaises conditions et avec des patients plus amochés que vous. J'ai expliqué tout ça à votre amie.

— Mon amie ? Josette ?

— Madame Marchand, oui.

— Quand elle est passée samedi ?

— Euh, non. Quand je suis allé à son cabinet jeudi soir dernier. Je devrais prendre l'habitude de réserver une plage massage à mon agenda les journées où j'opère. Elle me fait un bien fou.

Ça m'a frappé de plein fouet.

Jeudi dernier ! Quatre jours que Josette et le docteur Graham partageaient leur science. Quatre jours de cachotteries, de manigances et de plaisirs coupables ! Cinq jours que j'étais tenu à l'écart. Que Josette me tenait à l'écart. Que j'étais une quantité négligeable. Peut-être plus que quatre jours d'ailleurs !

J'étais quoi ? Jaloux ? Non.

Embarrassé ? Non plus.

Déçu ? Un peu.

C'est MON médecin !

JE suis son confident !

Dans un mouvement réflexe, j'ai cherché à me venger, à faire payer à Graham leur traîtrise. Je lui ai injecté une bonne dose de mon venin.

J'ai commencé par enfoncer Josette, insinuant qu'elle cherche toujours de nouveaux animaux de compagnie mais ne s'attache jamais, que les gens l'intéressent moins pour ce qu'ils sont que pour ce qu'ils peuvent lui apporter, que des bonnes masseuses, ça court les rues. Une digression avant le plat principal, que je lui ai servi en une tirade bien formulée, pour marquer la distance.

— J'ai repensé un peu à notre discussion sur les petites tractations banalisées, et j'aurais dû être plus attentif. Je sais de quoi vous vouliez parler, puisque dans mon métier, j'ai constamment affaire à des manipulateurs. Des dissimulateurs d'indices, des arrangeurs de vérité, des faiseurs de justice même. Vous êtes troublé parce que vous en avez rencontré des doués, n'est-ce pas ? De ceux qu'on ne voit pas venir, avec qui on partage des valeurs communes, envers qui on est loyaux même, mais qui nous aveuglent avec leur empathie et leur connivence ? Et quand vous vous en êtes aperçu, il était trop tard… Le manipulateur et le manipulé forment un étrange couple, n'est-ce pas ? Un couple tricoté serré… Alors, laissez-moi vous dire une chose, docteur. Les cas où un tordu ne laisse vraiment rien paraître sont rares. Le problème, c'est qu'il n'y a personne pour y regarder de près. Les aveugles volontaires, même s'ils ont d'excellentes raisons de ne rien voir, sont complices des escrocs ; s'ils en tirent profit, il est difficile de les prendre en pitié quand la fraude est révélée. Qu'ils en assument les conséquences. La morale à deux vitesses, ce n'est plus de la morale. Ce n'est pas d'hier que je hais les victimes qui se drapent dans le manteau du bon droit et du moindre mal, arrangeant alors la vérité à leur profit. Ce n'est pas d'hier que je hais les mères de mafiosi qui prient la Madone pour que leurs tueurs de fils restent en vie, tout en les encourageant à venger l'honneur du cousin trompé. Le manipulé geignard qui se nettoie la conscience à grands coups de fatalité me fatigue, docteur.

— Hm… Je vois que vous reprenez des forces ! Bonne journée, inspecteur.

Lundi soir

— T'as un nouveau client, paraît ?

Josette avait à peine ouvert la porte que je l'ai attaquée de front.

La perspective du règlement de comptes que j'avais mijoté pendant des heures m'avait presque fait oublier ma douleur.

(Morphine et ressentiment, même effet thérapeutique ?)

— Pourquoi tu prends ce ton-là ?

— Parce que tu te mêles encore de mes affaires.

— Oui, mais pas que. Jean-François, c'est aussi mes affaires.

Jean-François ! Rien pour me radoucir, ce prénom que je n'avais encore vu qu'écrit sur un porte-nom.

Sans égard pour mes états d'âme, Josette y est allée de ses clichés préférés : centres d'intérêt communs, même longueur d'onde, partage d'expériences professionnelles.

Mais elle sait s'y prendre, la diablesse : tout en parlant et comme si de rien n'était, elle a sorti un grand plateau de sushis, deux verres et une bouteille de saké. Elle aurait pu me faire signer n'importe quoi. Tout ce que je voulais, c'était sentir le goût de l'alcool dans ma gorge.

— Tu te rends pas compte ! Tu vois juste qu'ils sont en train de te rapiécer les genoux. Mais c'est fabuleux, ce que sa nouvelle biotechnologie ouvre comme perspectives. J'exagère pas.

— Font juste leur travail.

— Et puis, son laboratoire, c'est l'ONU.

— M'en fous.

— L'ONU, comme dans la réunion de toutes les nations dans un but commun, sauver des vies. C'est extraordinaire, non ?

— Me niaises-tu ?

— Ben quoi ?

— L'ONU, c'est un *boys club* où « si t'es pas mon ami, *watch out* » !

— Ben peu importe. D'ici peu, la réparation tissulaire va prendre la moitié moins de temps qu'avant. Moins de chirurgies, moins de risques d'infection, moins de séquelles. T'en profites déjà, arrête de râler.

Je comprenais, mais je n'avais aucune intention de m'adoucir. Je cherchais un affrontement en règle. J'aurais aimé qu'elle me donne une prise pour engager la bagarre, mais depuis que je suis à l'hôpital, Josette est en téflon !

Ça m'a enragé davantage.

Si elle était si détendue, c'était peut-être parce qu'elle et le docteur Graham...

— Écoute-moi bien, Josette. Déjà le seul fait que tu m'en as pas parlé est suspect. Peut-être que t'as cru que j'étais incapable de veiller sur moi. Les premiers jours, c'était sans doute assez vrai. Mais le problème, c'est que t'as toujours besoin de savoir, de contrôler, de prévoir les coups. T'en fais toujours trop ! Ça fait que là, t'as cherché à avoir un accès privilégié à Dieu le père en personne, convaincue qu'une relation plus étroite avec Graham faciliterait la circulation d'informations, les petits écarts aux règlements, voire l'accélération de certaines procédures. Je t'imagine te rendre intéressante, évoquer votre passion commune, manifester de la curiosité pour ses connaissances encyclopédiques. Je te vois faire étalage de tes apprentissages avouables ou non en matière épidermique et ensuite vanter les qualités exceptionnelles de tes mains magiques. Un massage contre un privilège ? C'était ça, le *deal* ?

— Même si tout ça était vrai, de quoi t'aurais à te plaindre ?

J'y suis allé d'une dernière bassesse.

— Ouais ben Graham, il a quelque chose de pas net. Je le sens à dix mètres. T'es en train de te faire avoir. T'es juste une marionnette dans l'histoire.

— Tu fabules, mon beau bonhomme !

— Oh que non ! J'ai beau être au dixième de ma forme, mon instinct me trompe pas.

— Qu'est-ce que tu t'imagines ?

— Il est pas net, je te dis. Je sais pas ce qu'il trafique, mais je suis certain qu'il a un gros poids sur la conscience. Plus qu'un banal squelette dans le placard. C'est lié à son art, comme tu dis. Il traîne quelque chose, un secret ou un dilemme. Ça le démange de parler, mais c'est bloqué dans sa gorge.

— Tu te trompes. Jean-François est totalement dévoué à son travail. Ça te donne quoi de dévaloriser quelqu'un qui met son intelligence au service de découvertes qui peuvent alléger la souffrance de milliers de grands brûlés ?

— Ben peut-être que pour les faire, ses découvertes, il a pas toujours allégé les souffrances de l'humanité.

— T'es de mauvaise foi ! Doué comme il est, il aurait pu faire fortune en se consacrant à la chirurgie esthétique dans une riche clinique du Moyen-Orient, et au lieu de ça, il s'échine à trouver des protéines miracles pour réparer des gens ordinaires qu'il y a quelques années à peine, on aurait laissés pour morts.

— Arrête, tu vas en faire un saint martyr. Ton Graham s'en est peut-être pas mis plein les poches, mais il a pas les mains propres pour autant. Ça sent l'omerta à plein nez.

— Tu dis n'importe quoi.

— Non ! Pis juste pour te le prouver, je vais…

— Qu'est-ce que tu vas faire, mon beau grabataire, du haut de tes six pieds aplatis sur un matelas orthopédique ?

— Regarde-moi bien aller, Josette Marchand !

Josette n'a pas ajouté un mot et elle a partagé inéquitablement le reste de saké. Ce qui a fait monter d'un cran mon exaspération. Alors, juste au moment où elle passait la porte de ma chambre pour rentrer chez elle, j'ai crié :

— Pis je suis écœuré de manger des sushis !

Vlan !

*

Pourquoi suis-je encore hanté par cette conversation ? Ses propos, ma réaction, le défi, tout sonne faux. Qu'est-ce qu'elle manigance ?

*

« Les mots sont réels. Tout ce qui est humain est réel et parfois nous savons certaines choses avant qu'elles se produisent, même si nous n'en avons pas conscience. Nous vivons dans le présent, mais l'avenir est en nous à tout moment. Peut-être est-ce pour cela qu'on écrit. Pas pour rapporter des événements du passé, mais pour en provoquer dans l'avenir. » (Paul Auster, *La nuit de l'Oracle*.)

Je ne sais pas qui cherche à provoquer quoi en ce moment, mais
REGARDEZ-MOI BIEN ALLER !

« Le docteur Graham est pas net. » Une phrase sortie sans réfléchir, juste pour provoquer… pour rabaisser Josette !

Que Josette batifole avec MON chirurgien pendant que je pourris dans mon lit, NON !

Josette ne peut pas résister à quiconque fait pitié. Elle en fait même son fonds de commerce. Par déformation professionnelle, elle avance en droite ligne vers les individus en manque. Elle sait les prendre, non pas par les sentiments, mais par la peau. La fleur de peau, qu'elle sait cueillir comme personne.

De quoi le docteur Graham est-il en manque, lui qui a tout, qui peut tout avoir ? Pourquoi Josette lui colle-t-elle après ? Je ne crois pas que ce soit uniquement parce qu'elle est fascinée par la peau synthétique. Je ne crois pas non plus que ce soit parce qu'elle surveille mes intérêts.

Bastianello, divagues-tu ?

Mardi, 17 h

Une nouvelle femme vient d'entrer dans ma vie. L'intimité instantanée, obligée, totale, à sens unique.

Pas très grande, mi-trentaine, plutôt jolie (très jolie, même), des cheveux retenus en queue de cheval, des bras d'haltérophile.

— Jacynthe Levac, votre physio. Je fais partie de l'équipe du docteur Graham.

Elle me tend une main ferme en me regardant dans les yeux.

— Si vous y mettez du vôtre, on va faire des miracles. Tant que votre autre genou aura pas été opéré, je vais travailler ici. Après, on ira dans la salle de physio.

Sans attendre de réponse, elle a fait le tour du lit, s'est postée devant la jambe à réanimer, a évalué la situation et a soulevé mon mollet.

Elle m'a demandé de m'abandonner.

— Comment je pourrais m'abandonner, je me possède même plus ?

Elle a souri par pure politesse.

Elle n'est pas ici pour se faire des amis. Je suis un nom dans son agenda, une heure dans sa journée.

Une jambe. Un pauvre genou.

Je suis bien peu de chose.

Petite levée par ci, petite traction par là, et encore une fois, et que ça pivote, et que ça force un peu, et que ça bouge. Quelques « bon », « bien » murmurés. Quand je hurle, elle relâche.

Elle préfère que je lui donne des chiffres, sur une échelle de 1 à 10.

Comment lui expliquer que mon échelle est faussée, que depuis des semaines, un 9 est déjà acceptable ?

Mademoiselle Levac trouve malsain que je ne bouge pas plus. Encore un peu, elle me traiterait elle aussi de feignant.

« Il faut faire plus d'efforts. Je sais que vous le pouvez. La peur est mauvaise conseillère. »

Que sait-elle de l'horrible réalité de la douleur ?

Mais quand même, agrippé à elle, j'ai fait deux pas d'un *slow* collé.

Je me suis retenu de hurler, comme un torturé humilié devant son bourreau.

— Ça suffit, a-t-elle dit. Maintenant, faut qu'on vous remette au lit. Et je vais vous faire apporter des petits haltères pour vous faire travailler les bras et les pectoraux ; ce sera ça de pris.

C'est tout ! Un peu carré, non ?

Mardi soir

« Reste que le docteur Graham est pas net. »

Je me suis tellement rejoué cette phrase sur tous les tons qu'elle est devenue une évidence. Une vérité.

Première étape : obtenir des réponses à quelques questions de base.

Facile.

Le docteur Graham :
– est divorcé de longue date et sans enfant, selon Claire ;
– sans conjointe ni maîtresse connue, selon Louise ;
– sans conjoint ni petit ami, selon Claire ;

- fume pas, boit pas, se drogue pas, fait de l'exercice, selon Claire ;
- passe quinze heures par jour à l'hôpital tellement il vit pour son travail, selon Carmen ;
- va souvent à l'étranger pour des colloques ou des rencontres professionnelles, selon Carmen ;
- part parfois en voyage « rien que sur une *peanut* », selon Claire ;
- est le roi de l'empathie, selon Louise ;
- jamais un geste, un mot de déplacés envers le personnel, selon Carmen ;
- même ses externes l'aiment, selon les externes ;
- pas la grosse tête, pas la Porsche, pas de tassage de stagiaires dans les coins, selon Carmen, Louise et Claire. Pourtant, certaines auraient pas dit non ;
- pas d'erreur médicale, pas de procès pour faute professionnelle ;
- pas d'encoche connue au code d'éthique.

J'HAÏS LES SAINTS HOMMES !

*

La mère de mon fils vient de téléphoner.

(Pourquoi je la désigne toujours par sa fonction plutôt que par son prénom, Isabelle ?)

Félix a perdu son chandail du Canadien qu'on a acheté ensemble l'an passé au centre Bell. Son chandail, c'est sa seule richesse. Il n'a pas pu l'égarer. Que cache le mot « perdu » ? Oublié ? Troqué ? Taxé ?

Quand sa mère lui a demandé de venir au téléphone, je l'ai entendu crier qu'il était occupé. C'est la première fois que Félix refuse de me parler. Est-ce à cause du chandail prétendument perdu ou de moi, le grand brûlé engoncé dans un lit d'hôpital ?

D'ici samedi, je fais quoi ?

Mercredi 3 octobre, 16 h

Ma physio m'intéresse ! Contrairement aux infirmières bienveillantes qui se succèdent auprès de moi depuis des semaines, qui m'accordent leur attention et me font quelques confidences, Jacynthe Levac n'est pas interchangeable, ce qui lui donne un statut particulier : elle détient l'exclusivité d'un corps à corps qui nous lie dans la durée.

Mais il y a plus. Elle n'essaye pas de me plaire ni de me distraire, et pourtant, après deux séances seulement, je sens qu'il y a un filon à exploiter. Et je m'y connais.

Comme la plupart des individus de sa profession, ma physio a une morphologie et des attitudes athlétiques. J'en ai fait une porte d'entrée, lui révélant que je pratiquais la *capoeira* dans un centre sportif de Montréal-Nord. Ce qui m'a permis de marquer des points. Nous avons alors passé un contrat : nous allons travailler ensemble pour que je sois de retour au gym dans six mois. « J'en fais un défi personnel », a-t-elle dit.

Cet engagement a produit ses effets, mademoiselle Levac a été plus loquace qu'hier. Elle, c'est le vélo qui la branche.

Intense, extrême. Elle s'entraîne à la dure et joint sa passion à celle des voyages. C'est à vélo qu'elle a traversé la Corse et l'Atlas marocain. Elle rêve de la Tanzanie.

Son autre passion : l'aide humanitaire dans les pays dévastés par les guerres et les séismes. Ça, c'est un peu grâce au docteur Graham, m'a-t-elle dit…

Elle est parvenue à me raconter plein de choses pendant qu'elle étirait, repliait, allongeait, soulevait, faisait pivoter ma jambe ; moi qui souffrais le martyre et ne croyais pouvoir que souffler, geindre, me crisper, j'ai constaté que je pouvais aussi écouter.

Selon elle, le docteur Graham :
- est un excellent patron, un chercheur hors pair, un être d'exception ;
- n'a pas de conflit avec ses collègues et ses assistants, pas de problèmes de gestion de son centre de recherche ;
- n'est pas concerné par des remises en question de la propriété intellectuelle de ses résultats de recherche.

J'HAÏS DE PLUS EN PLUS LES SAINTS HOMMES !

*

Pour la première fois depuis que je suis ici, j'ai l'impression d'avoir un peu poussé ma pierre moi-même. Quelque chose comme un processus menant à la sortie vient de s'enclencher.

Jacynthe Levac, magicienne ou sorcière, je vous aime déjà. Peut-être trop.

Le docteur Graham n'a pas de vie. Après avoir fait ses quatorze heures à l'hôpital, il a voulu voir comment je me portais.

Insensé !

D'autant plus que notre dernière conversation s'était terminée plutôt abruptement.

— Docteur Graham, soit vous êtes un médecin hyper consciencieux, soit vous êtes en manque de mondanités, ai-je attaqué avec un sourire en coin.

— Ni l'un ni l'autre. Ou un peu des deux, inspecteur.

Tiens donc ! Je n'étais pas le patient Bastianello, mais l'inspecteur de police. Un titre et une fonction auxquels il semble attacher une certaine importance. J'ai creusé.

— Vous êtes quand même pas de ces personnes qui s'excitent à l'idée que j'ai côtoyé des tarés sanguinaires ?

— Non, quand même pas. Mais j'ai l'impression que vous et moi, on fait un métier dont on ne se départit jamais. Un métier qui soulève bien des questionnements…

Cette phrase suspendue m'a confirmé que le docteur Graham ne vient pas dans ma chambre pour se pâmer devant la beauté de son travail.

— Vous ne viendriez pas me jaser si j'étais plombier, si je comprends bien ?

— Hm… Intéressant… Je n'y avais pas réfléchi. Peut-être que vous avez raison…

— Puisque je ne suis pas plombier, gâtez-vous, docteur !

— Tenez, par exemple, la distinction entre ce qui est légal et ce qui est moral. Ça doit vous préoccuper, non ?

— Tout comme pour vous, la distinction entre votre pratique médicale et votre serment d'Hippocrate, je présume.

— En effet. On vit dans un monde de contraintes et de subjectivité. Il ne faut donc jamais négliger le facteur humain.

Atteint d'un syndrome du déficit de morale, Graham a senti le besoin de se confesser. Mais je ne suis pas un prêtre qui écoute passivement et donne son absolution. J'aime trop la confrontation.

— Auquel s'ajoute le facteur économique, dans votre cas. La loi du plus riche. Avouez que ça joue. Et comprenez-moi bien, je ne parle pas de votre rapport aux patients. On ne tarit pas d'éloges à votre endroit. Je parle des pressions qui s'exercent sur vous, par exemple pour que vous utilisiez un protocole ou un médicament. Sans compter qu'il faut que tout aille vite, n'est-ce pas ? La sainte trinité des comportements déviants – manipulation, intimidation, mensonge – n'est pas réservée aux personnalités criminelles, et j'ai l'impression que vous en avez vous-même fait l'expérience. Je me trompe, docteur ?

— On vit dans un monde où la fin justifie parfois les moyens.

— Vous savez ce que j'en pense.

— Robin des bois, Che Guevara, mère Teresa ?

— Des manipulateurs de haut niveau. Et un peu truands sur les bords.

— Tout n'est peut-être pas noir ou blanc, inspecteur. Parfois, les individus n'ont pas le choix. Ils doivent défendre des intérêts supérieurs.

— Ah, la justification commode ! Pas le choix. Pour la survie de la communauté. Pour l'honneur de la famille. Les plus grands criminels comme les petits arnaqueurs et les fous de Dieu se croient tous dans leur bon droit. Si on accepte d'ouvrir la porte à ce genre de raisonnement, docteur, on actionne soi-même l'engrenage pour y mettre le doigt. Il n'y a pas d'excuse qui tienne.

— Vous êtes bien dur, monsieur Bastianello !

En me ramenant à ma condition de patient, le docteur Graham a repris sa position de dominant. Ce qui n'a pas fait de moi un dominé pour autant…

— Vous attendiez quoi de ma part ?

— De votre part, là, dans ce lit d'hôpital, ne survivant que grâce à nos analgésiques et à nos bons soins, je m'attendais à un peu plus de compassion.

— Désolé, la compassion, je ne la distribue pas ces temps-ci, je la recueille.

Mon chirurgien m'a quitté sur cette fin de non-recevoir. Mais contrairement à ce que je lui ai affirmé, je crois que la fin justifie parfois les moyens. Dans un monde gris foncé, entre deux maux, on choisit le moindre. Même si ce moindre est déjà au-delà de ce qu'on s'était fixé comme limite.

Pourquoi le docteur Graham veut-il me faire comprendre qu'il a franchi cette limite ?

Cherche-t-il à me provoquer ou veut-il simplement libérer sa conscience du poids d'un petit secret ?

Docteur Graham, si certains vous vénèrent, moi je vous considère désormais comme un ADVERSAIRE.

*

Je viens de parler à Josette. Je veux une tablette électronique tout équipée.

Je vais trouver par moi-même :
- ce que fait un chirurgien au sein d'une équipe de recherche de pointe dans le domaine des hautes technologies biomédicales ;
- qui sont ses collègues ;
- d'où vient le financement des équipes ;
- quels sont ceux qui tirent les ficelles dans les équipes internationales ;
- comment s'établissent les protocoles d'essais cliniques.

Et comprendre qui a le plus à gagner avec ces peaux qui se régénèrent plus vite que leur ombre.

*

Ho là, mon bonhomme ! Qu'est-ce que tu cherches à prouver en t'agitant ainsi ?

Que ton cerveau fonctionne encore ?

Que tu peux donner des leçons de morale sur le bien et le mal ?

Que tu peux prendre une certaine ascendance sur autrui (en la personne de ton bon docteur) ?

L'ensemble de ces réponses, pour sûr !

Ma physio m'écartèle, me triture, m'exténue. La jeune et jolie Jacynthe maîtrise l'art de la torsion. Torsion comme dans tortionnaire. Comme dans : « Faut pas qu'il meure, mais il doit souffrir. » Le plus vicieux, c'est que des douleurs inconnues surgissent après coup. Après la sensation des brûlures qui perdurent, je découvre celle des déchirures. Des heures après avoir crié un chiffre sur son échelle.

Bien que j'aie une certaine tolérance à la douleur, j'en déteste le principe quand ce qui la provoque a un visage humain, un nom, une histoire : l'individu qui souffre est placé d'emblée dans une position de dominé.

Je déteste être sous l'emprise de mademoiselle Levac.

Je déteste qu'elle soit la cause et le témoin de ma souffrance.

Je déteste qu'elle n'en souffre pas.

Mademoiselle Levac, vous allez devoir payer.

*

Maintenant que les somnifères commencent à faire effet, les propos incongrus du docteur Graham et l'utilisation que je pourrais faire de Jacynthe Levac me tracassent nettement moins que l'attitude de mon fils… Quand j'ai parlé à sa mère ce soir, elle m'a écarté de quelque chose que je perçois comme un problème.

Félix était dans sa chambre depuis une bonne heure déjà et elle n'a pas voulu le déranger. « Déranger », c'est le terme qu'elle a utilisé. C'est la première fois que j'entends que je pourrais « déranger » mon fils. Le ton a monté.

J'ai monté le ton.

Je voudrais que ce soit déjà samedi pour voir Félix passer la tête dans la porte de ma chambre avec son sourire de toujours.

D'avant ?

Jeudi 4 octobre, 11 h

Josette est passée en coup de vent avec la « bête » ce matin. Le dernier modèle, ultra léger et déjà tout configuré.

Usager : grandbrûlé0 ; mot de passe : feuàlacabane1.

Josette fait dans l'ironie, mais je m'en fous. Je suis armé et d'attaque.

Josette et le docteur Graham ont leurs secrets, j'aurai les miens. On verra bien, à la fin, qui se sera le plus amusé.

Bien sûr, je garde un œil sur le couloir et sur l'heure qui passe, la peur que l'infirmière oublie mon analgésique attisée par la douleur qui monte. Mais à défaut d'activités physiques, je vais devenir un hyperactif du cerveau. Pas besoin d'avoir le pied léger pour retrouver celui que j'étais.

> « À présent lève-toi et mets-toi en quête, lève-toi d'un pied léger et va-t'en tranquillement chercher ce que tu as perdu. » (Amos Oz, *Seule la mer.*)

Jeudi soir

Je n'ai pas vu le temps passer. Pour la première fois depuis des semaines, je n'étais pas à la remorque de la procession de professionnels chargés de mon bien-être et de mes traitements.

J'ai désormais un projet personnel, indépendant de mon statut de patient : DÉSAINTISER le docteur Graham.

*

L'IMROB est un institut de recherche affilié à l'Université de Montréal, dont la mission est « de pallier les problèmes liés à la dégénérescence des tissus et de faciliter le transfert des connaissances vers des stratégies cliniques innovantes intégrées ». Dans son axe cutané, « l'ingénierie tissulaire vise à développer des applications en physiologie, en pharmacologie et en cosmétologie ».

Si j'en crois les logos en enfilade sur la page d'accueil du site Internet, l'Institut dépend de multiples organismes publics et privés. Je présume que chacune de ces entités demande des comptes et attend des résultats.

Une vingtaine de chercheurs chevronnés – médecins, biologistes et ingénieurs – forment le noyau dur de l'Institut, et plusieurs cumulent les affiliations, les disciplines et les doctorats. Chacun arrive sans doute avec son petit bagage de contacts, d'exigences et de contraintes. Certains ont des noms typiquement québécois, mais plus rares sont ceux qui ont suivi une trajectoire uniquement locale. Des parcours sinueux, où le carrefour montréalais n'est que conjoncturel, selon la saveur (et le financement) du moment.

Sur le plan strictement humain, l'IMROB est une organisation complexe qui requiert inévitablement la gestion de personnalités fortes. De susceptibilités, de frustrations, de convoitises et d'intérêts divergents. Sans compter les chocs générationnels et culturels.

Ce n'est pas une mafia, pas un clan, pas même une famille, au sens italien du terme. C'est encore moins un club social. C'est un regroupement stratégique d'individus éminemment savants et égocentrés. Donc ingrats.

Le directeur doit avoir fort à faire pour calmer les ambitions de chacun, et rien ne garantit que l'*Internationale* se chante à l'unisson.

Parmi tous les chercheurs, le docteur Graham fait bonne figure, malgré la jeune cinquantaine.

Diplôme en médecine de l'Université de Montréal en 1989, spécialité en chirurgie plastique et régénérative en 1995, surspécialisation à Genève en 1997 en traitement des grands brûlés et à Washington sur les greffes et tissus de remplacement en 1998 ; cofondateur de l'IMROB en 2000 et titulaire de la Chaire de recherche sur les substituts dermiques (CRC-SuD) depuis 2007 ; une bonne centaine d'articles publiés dans des revues scientifiques internationales, des conférences à travers le monde, des doctorants et post-doctorants à la pelle ; quelques brevets auxquels son nom est associé.

De tous les documents de l'Institut qui sont en ligne, peu sont compréhensibles pour les humains normaux, et hier encore le vocabulaire m'aurait semblé tout droit sorti d'un film de science-fiction. Or, justement, il ne s'agit pas de science-fiction, mais bien d'une science-réalité où des sommes colossales sont en jeu.

Enjeux !

Que pèsent dans la balance les gros sous par rapport au bien-être d'une humanité écorchée ?

Parce que, de tout ce que j'ai lu, ce qui me chicote le plus, c'est le mot du directeur sur la page d'accueil :

> « L'Institut s'est donné comme objectif de s'autofinancer. En nous affranchissant des subventions publiques, autant que faire se peut, nous contribuons à la création de nouvelles équipes consacrées à la recherche de haut niveau dans des domaines technologiques de pointe. »

Que valent les principes universitaires fondamentaux (éthique et collégialité), lorsque la recherche scientifique fondamentale s'acoquine, dans son volet « application et développement », avec des entreprises certainement moins morales ?

Pour le moment, aucun document ne me permet de savoir combien d'argent il faut pour faire rouler cette machine et combien d'argent la recherche en médecine régénérative rapporte à l'Institut en particulier et à l'industrie biocellulaire en général. Mais je trouverai !

*

J'ai la tête qui bourdonne et les yeux qui brûlent. Malgré cela, je suis plutôt fier de moi. Pendant toute une journée, mes neurones se sont activés dans un autre but que ma seule survie.

La nuit dernière, le monstre de la douleur s'est réveillé et j'en subis encore les contrecoups. Pire, ce monstre en a réveillé d'autres, ceux du découragement, de la hargne et de la vengeance.

Les ignorer serait trahir ce que je subis depuis des semaines. Et si j'essayais de les exploiter, ces monstres…

Découragement
Hargne
Vengeance

*

Même si l'infirmière a juré le contraire, j'ai eu l'impression toute la nuit que la greffe s'était déchirée. Il semblerait que ce soit causé par les torsions de mademoiselle Levac. Je souffre autant que lorsque mes plaies étaient à vif.

J'ai du mal à respirer, à penser, à vivre.

Je crie, je sacre. J'exige qu'on ajuste mes analgésiques.

MORPHINE !

Docteur Graham, où êtes-vous ?
« Parti en voyage d'affaires. De retour bientôt. »

Le bon samaritain de garde a entendu mon cri.
Alléluia !

Mademoiselle Levac, je vous attends !

Une relation sadomasochiste repose sur un certain nombre de principes :
- – chaque participant entretient une relation particulière avec la douleur, l'un la provoquant, l'autre la subissant ;
- – les rôles ne sont pas interchangeables ;
- – malgré l'apparente asymétrie entre le dominant et le dominé, leur relation repose sur un équilibre, fragile certes, mais essentiel ;
- – cet équilibre ne peut exister sans une forme de confiance fondée sur une interprétation juste de la tolérance à la douleur de celui qui la subit et de celui qui la déclenche ;
- – chaque partie doit y trouver son compte ;
- – chaque partie doit maintenir une distance avec l'autre – considérant que le passage à une relation « normale » est quasi impossible. Autrement dit, en amorçant une relation fondée sur la douleur, les deux parties doivent admettre qu'elles ne sont utiles l'une à l'autre que dans ce contexte.

Jacynthe Levac et moi entretenons une relation inégalitaire fondée sur la douleur provoquée et ressentie. Pour rééquilibrer les forces, je dois non seulement garder le contrôle sur elle, mais également la mettre sous tension.

(Cela me rappelle la scène du *Déclin de l'empire américain* dans laquelle Louise affirme jouir du pouvoir que sa position de dominée lui confère.)

Puisqu'elle détient des informations privilégiées sur l'univers du docteur Graham, mademoiselle Levac devra les partager, en contrepartie de ce qu'elle me fait subir.

*

Tout d'abord, conforter ma tortionnaire dans son rôle, la laisser me triturer sans ménagement et jouer les hommes forts avec des « Allez-y, je suis capable d'en prendre ».

Puis, commencer à geindre.

Graduellement, en remettre. Ce n'est pas difficile, je souffre démesurément, viscéralement.

Enclencher un jeu à deux temps : encouragement, gémissement. « Continue. » « Arrête, tu me tues. » « Vas-y encore. » « STOP ! »

Visage tordu, mains crispées, larmes aux yeux.

Je voulais avoir toute son attention. Qu'elle soit aux aguets. Hypersensible à mes moindres exigences.

Je voulais la contrôler. (C'est plus facile avec le « tu ».) Je voulais qu'elle se sente coupable. Tout coupable cherche une forme de repentir.

Au bout de quarante-cinq minutes de chaud-froid, ma physio a pris une grande respiration et a posé ses mains sur mon ventre pour marquer la fin de l'épreuve.

Je l'ai senti, mon petit jeu l'avait stressée.

J'ai repris mon souffle.

Lui ai décoché mon plus beau sourire de gratitude.

Ma main sur sa main.

Pudique, bien dosé.

Après l'avoir remerciée pour sa formidable compétence au service de ma seule petite personne, je me suis montré intéressé : ses études, ses relations avec ses collègues, ses horaires de travail, son rôle au sein de la chaire…

Jacynthe Levac est une femme professionnellement comblée. Sans compter la plus-value de faire partie d'une équipe de calibre international. Comme elle a la chance de siéger au comité de planification des activités scientifiques, elle a le privilège d'accueillir les chercheurs et les stagiaires étrangers. Que du bonheur !

Reconnaissante, elle consacre quelques semaines par année à un centre d'hébergement pour femmes brûlées par leurs criminels de maris au Pakistan. C'est grâce à la chaire, et surtout au bon docteur Graham, qui incite ses membres à inscrire des missions à leur agenda, qu'elle a amorcé ce virage déterminant dans sa vie.

— C'est tout à votre honneur, ai-je conclu d'un ton sincère.

Même si j'ai vu une zone d'ombre dans tout cela, je lui ai joué le numéro de celui qui s'intéresse aux génies derrière les rescapés du feu, question de savoir entre les mains de qui j'ai déposé ma peau. « Entre les meilleures mains », preuves à l'appui. Mademoiselle Levac s'est engagée à me montrer les derniers rapports quinquennaux de l'Institut et de la chaire. « Je ne transgresse pas les règles, ce sont des documents publics après tout. »

— Mais, au fait, quelle est la distinction entre une chaire de recherche et un institut ?

— En gros, un institut est un organisme qui existe à long terme, indépendamment de la succession de ses membres et de sa direction. Une chaire est attribuée nommément à un chercheur reconnu et est souvent financée par un organisme privé.

— Donc on peut dire que parmi tous les membres de l'IMROB, le docteur Graham est une sommité parmi les sommités ?

— Très certainement.

— Ça lui donne un statut particulier ?

— Oui. C'est très prestigieux, vous savez. Et puis, ça lui donne une plus grande autonomie. Sauf bien sûr en ce qui a trait à l'administration de ses fonds. Allez pas croire qu'il s'en met plein les poches. Chaque sou est compté.

— Je vous crois… Plus autonome, ça veut dire quoi ?

— Il a moins d'obligations de participation envers l'Institut et il est plus libre de ses mouvements. Par exemple, même s'il remplit comme tout le monde un calendrier de présences à l'hôpital tous les quatre mois, il s'y tient rarement. Son agenda est rempli et oups, on apprend qu'il est parti pour cinq jours. Heureusement qu'il a des résidents compétents qui peuvent prendre le relais. Le service en souffre pas, si c'est ça qui vous inquiète.

— Mais ceux qui financent sa chaire doivent attendre un retour sur leur investissement, non ?

— Là vous confondez les commandites et les chaires. Avec une commandite, le chercheur doit remettre à son commanditaire les résultats de sa recherche en vue d'éventuels brevets. Pour les chaires, il y a aucune obligation de ce genre ; il est simplement tenu de faire la démonstration qu'il poursuit ses recherches.

— Donc, le docteur Graham est totalement indépendant de ceux qui le financent ?

— Ben oui.

— C'est du pur mécénat de la part des bailleurs de fonds ?

— On peut le dire comme ça, j'imagine.

— Ça me semble un peu trop beau pour être vrai…

J'ai dû paraître tellement sceptique que mademoiselle Levac a apporté quelques précisions sur lesquelles je devrai méditer.

— Le cadre d'une chaire est très étroit. En acceptant la sienne telle qu'elle a été définie, le docteur Graham doit concentrer ses activités sur les essais cliniques des tissus testés en laboratoire et brevetés conjointement par l'IMROB et ses partenaires. Le docteur Graham se spécialise dans l'optimisation des protocoles d'implantation des greffes. Vous faites vous-même partie d'un de ces essais.

— Mais comme chirurgien, le docteur Graham est quand même pas démuni, non ?

— Il est chercheur en chirurgie, c'est pas pareil. La recherche coûte cher. Il doit avoir une équipe s'il veut mesurer les effets de ses protocoles. Prenez moi, par exemple. Le docteur Graham est le seul chirurgien à avoir une physio attachée à son service. Il peut donc évaluer l'influence de mon travail sur le rétablissement de ses patients. Même chose pour la nutritionniste et la pharmacienne. Les infirmières qui changent vos pansements ou les préposés qui vous donnent votre bain doivent aussi remplir plein de fiches d'évaluation ; elles ont des bonus payés par la chaire pour compenser ce surplus de travail.

— Et avant la création de la CRC-SuD, il faisait comment ?

— Avant, comme c'est souvent le cas chez les chercheurs de haut niveau, une grande part de son temps était consacrée à la recherche de financement. On dit souvent que l'innovation technologique, c'est comme une course du 100 mètres. Se présenter en deuxième chez les entrepreneurs qui commercialisent les produits, c'est avoir perdu la course. Or, c'est avec les retombées des brevets que l'Institut peut faire tourner la roue. La CRC-SuD est tellement performante que les budgets de l'Institut ont presque doublé depuis cinq ans.

L'argent, toujours et partout !

Cause-t-il plus de soucis lorsqu'il manque ou lorsqu'il est donné en abondance ?

Combien lui coûte son autonomie, au docteur Graham ?

Mille questions se sont bousculées dans ma tête, mais je ne pouvais retenir mademoiselle Levac plus longtemps ; elle avait sans doute d'autres brûlés à maltraiter.

Pour ma part, il est temps que je commence à travailler sérieusement.

Règle numéro 1 : organiser les informations recueillies.

*

Résumons :
- Le docteur Graham est titulaire d'une prestigieuse chaire de recherche.
- La CRC-SuD prend en charge des œuvres humanitaires.

– Les œuvres humanitaires sont en lien direct avec l'application des recherches en chirurgie réparatrice.

Que rapporte l'humanitaire à un organisme déjà sans but lucratif ?
– Bien se faire voir ?
Insuffisant. L'organisme est déjà reconnu et l'humanitaire occasionne des frais trop élevés pour ne servir qu'à bien paraître.
– Masquer certains frais ?
Possible. Mais les contrôles sont serrés.
– Masquer certaines activités ?
Hm ! Il me semble possible d'imaginer un bon nombre d'activités que des chercheurs en biomédecine pourraient vouloir masquer.

Humanitaire = Pakistan

Vendredi soir

Josette a rappliqué vers 18 h avec nos plateaux-repas – de l'indien, comme c'est à propos ! Parmi les nouvelles de l'heure, elle m'a parlé de son client, le toujours bon docteur Graham. Qui a annulé son rendez-vous en masso à la dernière minute… Une urgence. Un déplacement imprévu à l'étranger. Une conférence en Asie.

Je n'ai pas relevé, mais on ne part pas en urgence à un congrès annuel de chirurgiens-plasticiens.

DONC :
– Le docteur Graham ment.
– Josette, qui connaît la *business*, sait que Graham ment.

*

— Et Félix ? lui ai-je demandé.
— Félix ? Déjà qu'entrer au secondaire est pas une étape facile, dans son cas, avec tout ce qui est arrivé, il rame. Mais il va s'en sortir. Laisse-le faire face.
— Faire face à quoi ?
— Il a une vie en dehors de toi. Il apprend.

C'est insensé. On ne laisse pas un enfant de 12 ans faire face à ses problèmes dans le seul but qu'il apprenne !
Bientôt 13. Un ado certifié.
M'en fous ! C'est un enfant quand même.

*

Félix est entré au secondaire ! Je le savais, bien sûr, mais je n'en avais pas mesuré l'effet dans sa vie d'adolescent. Josette me l'a rappelé, sans doute pour me rassurer, mais j'entends un fond de reproche.
Une image me saute au visage et m'angoisse : dans la cour d'école, Félix ne fait plus partie des plus grands, mais des plus petits. Il côtoie désormais des jeunes qui commencent à boire, à

fumer, à dealer, à coucher. Des filles et des gars qui ne savent plus quoi faire de leurs hormones, qui se lancent des défis stupides, qui agacent les plus petits, juste pour les énerver. Qui expérimentent le plaisir que procure la découverte de la peur dans les yeux des autres. Et qui en jouissent.

Parmi les victimes, certains ont peur et s'écrasent. D'autres crânent et, s'ils sont assez durs, utilisent leurs poings. D'autres encore se rallient au camp des plus forts; c'est tellement plus valorisant. Qui dit que Félix ne succombera pas, juste pour le *kick* ou pour faire différemment de son flic de père?

Félix vient d'entrer dans une jungle et je ne suis pas là pour lui. Pas même une question sur sa nouvelle école, sur ses amis, sur ses professeurs. Non. Pendant ce temps-là, je ressasse le passé et je joue au père pontifiant dans des lettres que je ne lui remettrai sans doute jamais.

Pas fort!

Vendredi, 21 h 30

— Monsieur Bastianello, j'ai vu de la lumière sous votre porte alors j'ai pensé que vous étiez réveillé. Jacynthe a laissé ça pour vous au comptoir.

Des remerciements, des gentillesses, et voilà l'infirmière repartie vers une autre chambre.

L'enveloppe matelassée avait bien dix centimètres d'épaisseur et pesait au bas mot deux kilos. Dessus, ce mot griffonné sur un post-it : « Tel que promis. Ce sont mes exemplaires, je les récupérerai lundi. »

À l'intérieur, deux volumineux documents aux allures officielles avec, sur la couverture, le logo des organismes partenaires et subventionnaires. Les tables des matières affichent la même structure (je présume que c'est le format standard pour ce genre d'écrits) : une section de présentation de l'organisme avec des subdivisions, des organigrammes et des tonnes de références, la liste et la description des activités, le curriculum vitæ des chercheurs et une dernière section avec des pages remplies de chiffres.

Le conseil d'administration de l'IMROB est composé de 7 personnes et le comité scientifique de 13 (8 issues d'organismes locaux et 5 de l'étranger). L'Institut compte 18 chercheurs titulaires, 31 chercheurs associés, une cinquantaine de professionnels de recherche et de stagiaires. Les activités du centre font une vingtaine de pages où sont listés les colloques, conférences et séminaires, les participations aux activités de réseautage, l'accueil de chercheurs étrangers et de stagiaires doctoraux et postdoctoraux. La section des CV fait plus de 300 pages, incluant la liste des publications de chaque membre ainsi que leurs activités « parascolaires ». Quelques pages font état des actions entreprises pour répondre à des demandes d'aide humanitaire.

La section financière abrégée fait quatre pages. Dans le détail, elle en compte une cinquantaine. Un chiffre retient mon attention : les trois millions de dollars octroyés annuellement à la CRC-SuD depuis 2007 par un organisme privé.

C'est beaucoup de dollars pour un chirurgien.

Maintenant, j'éteins. J'ai une grosse journée demain.

On m'avait nettoyé, pansé et paré, et j'attendais le seul visiteur capable de me rendre sincèrement joyeux. Mais un coup de fil vient de me saper le moral. Félix n'arrivera pas avant 14 h 30 avec Josette. Sa mère l'a inscrit dans une équipe de soccer le samedi matin et n'a pas jugé bon de me prévenir. Je suis déçu, frustré.

J'enrage en fait.

C'est pas vrai que l'hospitalisation va me priver de mes droits parentaux !

*

Rien ne parvient à me faire passer le temps. Ma tablette, la télé, les livres, les va-et-vient dans le couloir. Même les affaires du docteur Graham ne m'intéressent plus. Qu'il aille au diable avec ses intrigues !

On me cache quelque chose. On m'élimine du centre décisionnel de ma propre vie.

Félix me fuit, Josette me fuit, le docteur Graham me fuit.

Je sonne l'infirmière. Je me plains. Plus rien ne va, tout se détraque. Je veux voir mon dossier, je suis certain qu'on a changé mes médicaments. La gangrène me ronge. Ça tire, ça picote, ça brûle sous les pansements.

J'exige de voir le docteur Graham aussitôt qu'il rentrera.

L'insulte, le cri et la rage se bousculent pour sortir de ma gorge.

Je ne pourrai pas me contenir encore longtemps.

Samedi soir

Mauvaise journée !

1) Félix est arrivé fatigué, et maussade en plus. Il n'avait rien à me raconter et mes questions l'achalaient. Son enthousiasme forcé ne m'a pas convaincu de sa nouvelle passion pour le soccer. Depuis qu'il est petit, lui, c'est le hockey.

2) À cause du nouvel horaire de Félix, Josette n'avait apporté ni pique-nique ni collation. J'ai dû me taper la bouffe d'hôpital ce midi et ce soir. Deux fois par jour, c'est trop. Déjà que la morphine me coupe l'appétit, si en plus c'est dégueulasse à voir… Je ne me suis pas gêné pour le lui dire.

3) À cause de l'infirmière suppléante qui a dépassé l'heure de mon analgésique, j'ai été souffrant tout l'après-midi.

4) Aussitôt que Félix et Josette ont été partis, j'ai téléphoné à mon ex pour l'engueuler. « Pendant que tu es dans ton lit, le monde continue de tourner, Vincent. Même si c'est tout croche », m'a dit mon ex. Pour qui elle se prend, celle-là ?

Ça m'a juste remonté encore plus contre elle.

5) J'ai essayé de me lever tout seul et j'ai perdu l'équilibre. Il a fallu que je sonne pour qu'on me relève. Ça m'a fait un mal de chien écorché vif. Et ça a planté un coup de poignard dans mon ego.

Demain, dimanche, jour du Seigneur. Sacrez-moi tous la paix !

J'ai commencé ma journée en force. D'abord, j'ai écrit un courriel à mon ex :

« Félix ne va pas bien, mais ce n'est pas à cause de moi. Sauf si c'est toi qui l'alimentes dans ce sens. Je ne te laisserai pas l'éloigner de moi, tiens-toi le pour dit ! »

Puis, après une négociation serrée avec l'infirmière en chef, j'ai pu laisser un message sur la boîte vocale du docteur Graham : « Docteur, docteur, pourquoi m'avoir abandonné ? Ça me donne le goût de fouiller dans vos petites affaires… »

Finalement, j'ai téléphoné à Josette : « Fini les niaiseries. Rapplique en fin d'après-midi avec de la grappa. »

Je n'attends rien de mon ex dans l'immédiat et Josette est bien là où elle est. Il ne reste que le docteur Graham pour m'occuper l'esprit. Il n'est pas net et je dois comprendre de quoi il est coupable.

« Si tu as besoin qu'on t'explique pour que tu comprennes, ça veut dire qu'aucune explication ne pourra jamais te faire comprendre. » (Haruki Murakami, *IQ84.*)

« Alors, réfléchis bien, Vincent, parce que personne ne va t'expliquer. »

*

Dimanche, ce n'est pas le jour du Seigneur, c'est le jour de l'Inspecteur.

Je vais m'organiser.

Chercher des informations méthodiquement.

Faire des liens et des hypothèses.

Déduire.

Contre-vérifier et tout reprendre à zéro.

Me tester ?

Une façon comme une autre de passer le temps, de me sortir la tête de ma chambre. Mais il y a plus que ça. Je relève le défi pour provoquer. Quelque chose ou quelqu'un.

*

Qui est le docteur Graham ?

À force de tourner autour du pot de l'éthique, de la morale et du bon droit commun, le docteur Graham m'a fait comprendre qu'il avait un poids sur sa conscience professionnelle.

Les deux faces professionnelles du docteur Graham

	A Chirurgien	B Chercheur	
Compétence : chirurgie réparatrice	Greffer des lambeaux de peau.	Contribuer à l'amélioration de protocoles d'implantation de tissus bio-organiques *high-tech* développés par son centre de recherche..	
Qualités professionnelles	Dextérité fine, capacité analytique et décisionnelle, leadership, *workaholic*.		
Qualités morales	Un saint homme.	La fin justifie parfois les moyens.	
Argent	Salaire de chirurgien.	**IMROB** Institut de recherche financé par divers organismes privés et publics, dont la mission est de travailler à l'élaboration de tissus performants jusqu'à l'obtention des brevets pouvant contribuer au bien-être de l'humanité (et remplir les poches des entreprises qui les commercialisent). Plusieurs super egos, plusieurs bailleurs de fonds, plusieurs dizaines de millions investis.	**CRC-SuD** Chaire de recherche financée par des fonds de recherche privés accordés de gré à gré au docteur Graham par un organisme « désintéressé ». Obligation d'un rendement : « Arriver en premier. »

Contraintes		Compétitivité Éthique *** Certaines contraintes peuvent-elles être allégées si les essais sont pratiqués dans des pays aux normes éthiques plus élastiques ?
Patients et cobayes	Quelques têtes brûlées et malheureux accidentés (dont moi) qui sont admis de façon imprévisible à l'Hôtel-Dieu.	Bassins potentiels de brûlés en grand nombre : a) zones de guerre → l'argent des seigneurs de la guerre ??? ; b) zones de violence contre les personnes → l'argent de l'humanitaire Pakistan ; c) cliniques d'esthétiques → l'argent des beaux de ce monde ???

Partant de l'hypothèse

– que le docteur Graham est un chirurgien tellement exceptionnel qu'on lui accorde des millions de dollars pour qu'il poursuive son excellent travail ;

– et que ce n'est pas la partie A de ses activités qui lui cause des problèmes de conscience, mais bien la partie B ;

– et retenant qu'il faut être sacrément riche et puissant pour accorder une chaire de plusieurs millions à un inconnu, même reconnu :

– qu'a fait le docteur Graham (de déviant) pour mériter une admiration si lucrative ?

– que doit-il faire (de déviant) pour conserver ses privilèges ?

*

Je mérite des félicitations :

— Belle synthèse, inspecteur ! Vous faites des miracles avec rien.

— Quand on connaît la nature humaine, mon cher Watson...

Dimanche, 20 h

Josette est passée avec une bouteille de grappa petit format, mais haut de gamme. De celles que je préfère. Et elle avait un sac plein de petits contenants : *anguilla marinata, peperonata, fagioli con tonno, arancini, involtini di prosciutto...*

Un festin (malgré ma condition de morphinomane nauséeux).

Ça ne m'a pas empêché d'être désagréable. J'ai haussé le ton, sacré, accusé mon ex d'utiliser Félix pour se venger de notre passé lamentable, déblatéré contre une infirmière pour son incompétence. Josette ne mordait pas. Alors je l'ai accusée de m'avoir trahi, de n'être jamais de mon côté, d'avoir aidé mon ex à monter mon fils contre moi. Plus *cheap* encore, je lui ai reproché de n'avoir jamais voulu s'engager, d'être froide comme une pierre, de m'étouffer.

« Mon beau garçon, tu nous donnes pas beaucoup de raisons de t'aimer ces jours-ci ! »

J'ai horreur de cet appellatif qu'elle utilise parfois, et j'ai horreur de la mansuétude en général. Je l'ai mise à la porte en criant que j'aimerais bien la voir à ma place.

Elle est partie en promettant de revenir bientôt. « D'ici là, père indigne, t'auras peut-être réfléchi à ce qui a pu perturber Félix au point de le rendre méconnaissable. »

J'ai lancé violemment vers la porte ce que j'avais sous la main.

Une misérable boîte de Kleenex !

*

Je suis contrarié : on vient de m'apprendre que ma chirurgie n'aura pas lieu mardi comme prévu – « reportée de quelques jours ». Je n'aime pas qu'on me fasse faux bond.

Think positive ! Je pourrai profiter de ces quelques jours de relative clarté d'esprit pour clore mon enquête sur le docteur Graham (enquête, un bien grand mot pour ce qui est sans doute une petite histoire).

Mais où est donc retenu le docteur Graham pour se soustraire à son devoir médical ?

(Merci Josette d'avoir oublié de ranger la grappa.)

NOTES D'ENQUÊTE 1

Partant du principe que la renommée attire l'argent, je retiens trois pièces à insérer dans un puzzle imaginaire :

a) Deux publications	La reconnaissance internationale de cinq chercheurs de l'Institut (Graham, Anwar, Sacco, Ehrlich et Briguet), en 2006, à la suite de la publication de deux articles importants : « Meshed autograft associated with cultured allograft and artificial skin: the future of skin replacement », paru dans la revue *Burns and Critical Care Medecine*, et « New materials and approaches for the regeneration of dermo-epidermal skin grafts: the application to serious burn victims », paru dans *The Lancet*.
b) Une chaire	L'attribution d'une chaire de recherche au docteur Graham, subventionnée par la firme Derma Nova. Le protocole d'entente à durée indéterminée a été signé en novembre 2007 par le recteur de l'Université de Montréal, le directeur de l'Hôtel-Dieu et un représentant de la firme Derma Nova.
c) L'aide humanitaire	Une augmentation constante des missions d'aide humanitaire au Pakistan depuis 2007.

Sources : Rapports d'activités de l'IMROB et de la CRC-SuD.

Il n'y a pas de hasard.

S'il existe un lien entre la publication des deux prestigieux articles et l'arrivée de la firme mécène, et partant du principe

que toute histoire se construit à partir de relations interperson-
nelles, il y a certainement un individu qui sert de liant à la sauce.

Docteur Graham ⟶ ??? ⟶ Derma Nova

J'ajoute, à titre très hypothétique :

d) Un stagiaire	N. Anwar, stagiaire postdoctoral au sein de l'Institut de <u>2003 à 2006.</u> Cosignataire des deux articles mentionnés en a). Multiples participations aux activités du docteur Graham (publications, conférences, organisation d'activités scientifiques…).

*

Je travaille par intermittence, alourdi par les analgésiques,
électrifié par des douleurs fulgurantes et boosté par mes lectures.
Changer de position (selon mes faibles moyens).
Passer de la tablette au cahier.
Fermer les yeux pour m'assoupir quelques minutes.
Réfléchir.

Je suis mon instinct.
J'ai le cerveau en ébullition et ce n'est pas désagréable,
même si je dois en payer le prix fort demain.
Je décide d'en payer le prix !

NOTES D'ENQUÊTE 2

Partant du principe que la chaire du docteur Graham est indissociable de son bailleur de fonds, je retiens :

e) L'organigramme de Derma Nova	– Siège social au Qatar ; – Fabrique des tissus paramédicaux (bandages, pansements, gazes, compresses) ; – Possède Estetika Clinics & Spas, une chaîne d'hôtels répartis dans plusieurs pays du Sud (Brésil, Thaïlande, Liban, Tunisie, Malaisie, Singapour…). Spécialité : le tourisme chirurgical ; – Détient une fondation qui vient en aide à des victimes de violences familiales dans divers pays (va pour le Pakistan, le Bangladesh ou l'Inde, mais la Syrie, l'Irak ou le Nigéria sont surtout occupés à soigner des blessés de guerre !) ; – Ne fait aucune mention de sa participation au financement d'une chaire de recherche sur son site, mais se targue d'être à l'avant-garde des nouvelles technologies.

Source : Internet.

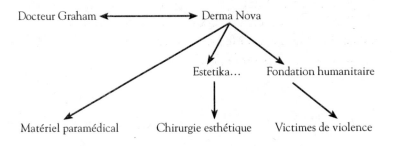

Docteur Graham ←——————→ Derma Nova

Estetika…   Fondation humanitaire

Matériel paramédical   Chirurgie esthétique   Victimes de violence

Hm ! À elle seule, l'entreprise Derma Nova peut fournir tout le matériel nécessaire à quiconque voudrait expérimenter des techniques et des produits médicaux novateurs. Elle peut même approvisionner ses relations en cobayes, si on spécule sur le rôle des missions humanitaires.

Graham devait être content quand il a rencontré ses représentants !

{ Qatar }

*

Je suis épuisé. J'ai le cou coincé, les yeux me brûlent et mes mains tremblent. Il est plus que temps de fermer ma tablette et mon cahier.

*

Pourquoi ne fantasmerais-je pas sur un lien entre la chaire et la chair ?

C'est une voix guillerette qui m'a réveillé ce matin :

— On a fait la grasse matinée, monsieur Bastianello ? Si on n'était pas dans un hôpital, je penserais que vous avez robiné toute la nuit. Ça pue l'alcool ici !

Je n'ai rien répondu. J'ai eu droit à mes analgésiques, à quelques vérifications du système général et à mon horaire de la journée : changement des pansements et grand nettoyage, physio à 14 h.

Mon café lavasse, mes toasts graisseuses et mon jus de faux fruits avaient été déposés sur ma table de lit. On ne m'avait pas réveillé pour si peu. Merci !

— Oh non ! J'ai échappé une bouteille d'alcool à friction dans la salle de bain. Désolée pour l'odeur, a dit l'infirmière en sortant.

J'aime Claire !

*

Un courriel de mon ex a fini de me réveiller : « Vincent, tu ferais mieux de laisser tomber les menaces. De mon côté, je vais continuer à gérer le quotidien (comme je l'ai toujours fait). Si tu faisais juste un petit effort, peut-être que tu comprendrais ce que ton fils vit en ce moment. »

Autant Josette qu'Isabelle veulent que j'essaye de comprendre !
S'il y a une chose que je déteste par-dessus tout, c'est de me faire
niaiser. Si elles ont quelque chose à dire, qu'elles le disent.
Sinon, qu'elles me foutent la paix.

Lundi, 16 h

Ma physio sort d'ici à l'instant. Je lui ai remis ses documents,
lui précisant que c'était trop savant pour moi.

Je l'ai rassurée en l'assurant que j'étais rassuré sur les qualités
du docteur Graham.

Nous avons fait notre travail, elle a trituré, j'ai hurlé, elle a
apprécié mes progrès, j'ai apprécié son appréciation.

Nous sommes devenus si fusionnels…

— J'imagine que c'est très enrichissant de pouvoir participer
à des missions humanitaires, mais ça doit être dangereux, non ?

Cette phrase hameçon a produit ses effets. Mademoiselle
Levac s'est un peu perdue dans des détails inutiles, dont je
retiens :

- Les missions, telles qu'elles sont organisées actuellement,
  ont commencé après l'attribution de la chaire.
- Le docteur Graham n'y participe pas. « Il est plus utile en
  amont. Et il voyage déjà tellement ! »
- La CRC-SuD n'envoie pas ses « missionnaires » dans des
  camps de brousse. Il s'agit de cliniques sommaires, mais
  quand même très bien équipées et avec du personnel

formé selon les techniques occidentales. On y utilise du matériel de grande qualité et surtout récent. Certains produits ne sont même pas encore disponibles ici.

– Les demandes de missions sont adressées au docteur Graham, mais mademoiselle Levac ne sait pas par quel intermédiaire ni sous quelle forme. Il les étudie et transmet les besoins qu'il juge prioritaires aux membres de l'équipe. À chacun de décider. Après, c'est une question de logistique toute simple.

– Seule la clinique du Pakistan a accueilli du personnel de l'équipe. La CRC-SuD vient en aide à d'autres pays uniquement sous la forme de transferts de connaissances ou de dons de matériel.

– Pakistan : mademoiselle Levac a allumé ! Il y aurait peut-être un lien avec Noor Anwar, UNE stagiaire postdoctorale, d'origine pakistanaise, spécialiste des biomatériaux, qui a séjourné pendant quelques années au centre – jusqu'à l'été 2006. « Une femme charmante et enjouée, mais secrète. Tout le monde l'appréciait, le docteur Graham compris. Puis elle est partie sans jamais donner de nouvelles. »

Sur ce, j'ai laissé partir ma physio, la remerciant pour ses bons soins. D'ailleurs, c'est plutôt vrai, mon genou commence à plier.

*

NOTES D'ENQUÊTE 3

Nouvelle pièce au puzzle ; une pièce maîtresse !?

f) La stagiaire Noor Anwar (v. pièce d)	– Pakistanaise ; – Cosignataire de deux articles déterminants dans la carrière du docteur Graham ; – Scientifique de haut niveau, mais discrète ; – Qui, selon l'association chaire-chair, n'est peut-être pas étrangère au problème de conscience du docteur Graham ; – Mais qui a quitté le centre AVANT l'octroi de la chaire.

Source : J. Levac.

Est-ce que le problème « moral » du docteur Graham viendrait du fait qu'il a couché avec sa stagiaire ?

J'espère que je ne travaille pas sur une vulgaire histoire de cul !

Lundi soir

NOTES D'ENQUÊTE 4

Et encore une autre pièce. Je suis en feu !

g) Anwar	– La stagiaire pakistanaise a le même nom de famille que l'épouse du Qatari Fady Al Abbas, vice-président de Estetika Clinics & Spas, filiale de Derma Nova ; – Madame Al Abbas (issue d'une famille pakistanaise riche et éduquée), d'une beauté époustouflante, applique, au Qatar, une version très légère du conservatisme ambiant (photos de type *Paris Match* à l'appui).

Source : Internet.

En partant du principe qu'il n'y a pas de hasard, le réseau professionnel du titulaire de la chaire de recherche Graham se précise :

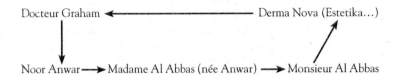

Considérant que le lien entre le docteur Graham et Derma Nova, d'une valeur de plus de 15 millions de dollars à ce jour :
- ne peut pas découler uniquement de la reconnaissance d'une famille richissime envers un chercheur qui a accueilli dans son équipe une parente de l'épouse (sœur, nièce, cousine) ;
- ne peut pas résulter d'un quelconque chantage que le docteur exercerait sur Derma Nova (un richissime Qatari n'est certainement pas du genre à succomber à ce type de comportement et le docteur Graham n'a pas le tonus d'un maître chanteur) ;
- semble satisfaire les deux parties ;

il faut considérer l'existence d'un élément déclencheur venu sceller l'union inespérée entre un chercheur en chirurgie et une multinationale moyen-orientale.

Cherchez l'erreur !

Une relation amoureuse entre Graham et Anwar fait tache dans le portrait d'ensemble : étant donnée l'origine de la stagiaire, en principe le chirurgien aurait dû payer cher pour avoir déshonoré la famille, et la stagiaire pécheresse aurait dû être lapidée. Mais au contraire, il reçoit des millions et on lui ouvre les grandes portes.

*

Finalement, Josette n'est pas passée, mon ex n'a pas redonné signe de vie et je n'ai pas tenté de parler à Félix. Je me suis concentré sur ce qui ne me regarde pas, question d'oublier ce qui me regarde.

La journée a été productive. En plus de mon travail de patient à temps complet, j'ai eu la tête occupée à réfléchir et à chercher. Mais il me semble que j'ai moins vu le temps passer entre deux analgésiques. Est-ce que vraiment la douleur s'atténue, ou bien avoir une occupation me tient en alerte ? Chose certaine, je suis épuisé comme à la fin de mes interminables mais habituelles journées de travail.

Oui, d'une certaine façon, je suis en mode travail. Il ne s'agit pas d'une curiosité plus ou moins saine ni d'une distraction, j'ai besoin de connaître le fin mot de l'histoire. Il y a des méfaits, des coupables et des victimes, et je suis prêt à mettre toutes mes énergies pour gagner mon pari. Cependant, si je ne veux pas m'enfermer dans mes spéculations, j'ai besoin d'aide extérieure.
Heureusement, j'ai encore des amis dans la police – qui ne dorment pas la nuit.

Un pari contre qui ?

Mardi 9 octobre, 9 h 30

Le silence a porté ses fruits. Félix m'a envoyé un courriel :
« Salut papa, bonne journée. »
C'est le plus beau cadeau qu'on m'ait fait depuis longtemps.

Ma boîte contenait aussi un courriel de mon fidèle adjoint
au SPVM et sans doute ami.

---

9 octobre 2012, 5 h 19
De : Laurent Beaudoin
À : Vincent Bastianello

Si tu commences à poser des questions, c'est que tu prends du
mieux. J'en suis heureux (mais je ne ferai pas circuler l'information,
pour te garder loin des achalants).

TA Noor Anwar (celle qui a fait un stage à Montréal) est un méchant
pétard à peine voilé (voir la photo). Mais ce n'est pas ce qui t'intéresse, hein? Quoique…

Ce qu'elle a fait après être partie de Montréal? Pas grand-chose, si
on se fie aux sources officielles. Sa contribution à la science s'arrête
là. Comme sa vie publique, on dirait. On pourrait croire qu'après son
mariage avec un intégriste religieux (eh oui!), elle n'est plus sortie
de la maison. Tu sais, dans ces pays-là…

Mais tu me connais, je suis teigneux. Et j'ai des contacts dans ces
contrées lointaines (moi aussi, j'ai des lettres). N'est-ce pas toi qui
m'as appris à cultiver généreusement mes relations de façon à avoir
toujours quelqu'un qui me doit quelque chose quelque part?

Bref, voilà ce que j'ai à t'offrir. À toi d'en tirer quelque chose, si tu es aussi doué que tu le prétends.

1) La trop belle Noor Al Thani, née Anwar, mariée et mère d'un enfant, est inscrite sur le *payroll* de Estetika Clinics & Spas de Singapour, mais sa fonction y est obscure. Certaines langues sales prétendent qu'elle est responsable de la logistique entourant le traitement médical de clients spéciaux qui cherchent l'anonymat. Tu me diras : dans ces cliniques, tout le monde cherche l'anonymat. Oui, mais certains plus que d'autres. Imagine un Franco Lonzo qui aurait dénoncé le parrain du clan sicilien et voudrait changer de face, ou un Abou Bakr ibn Salih Tahik qui aurait besoin de se faire réparer le portrait après avoir mis le pied sur une mine antipersonnel. Tu comprends le principe? Dans ces cas-là, on ne lésine pas sur l'argent. Mais l'échec n'est pas permis.
2) La SŒUR de Noor Anwar et épouse de Fady Al Abbas (de chez Derma Nova) est présidente de la fondation New Life, qui vient en aide aux victimes de brûlures dans certains pays du Moyen-Orient et d'Asie. Soit dit en passant, lors de leurs soirées-bénéfices, les bienfaitrices ne paradent pas en burqa noire. La valeur de leurs parures dépasse certainement le PIB du Rwanda. Ah, c'est beau, la charité!
3) Et à qui la fondation New Life a-t-elle confié le poste d'agente de liaison chargée des protocoles de soins pour les victimes admises dans leurs cliniques? Eh oui! C'est ça l'esprit de famille.

Voilà, tu as tout, tout cuit dans le bec.

Bon OK, je le dis, tu commences à nous manquer. Pas à tous, mais à certains. À deux ou trois. À moi en tout cas.

À bientôt,

Laurent
Laurent Beaudoin, enquêteur
SPVM

Quel mélange explosif que celui de l'intégrisme religieux et des industries multimilliardaires dans les domaines de la santé et de la beauté ! Le parfait docteur Graham doit faire figure d'un pauvre petit rat de laboratoire perdu au milieu de ce magma. Une proie facile avec laquelle les chacals s'amusent…

Ajoutons à cela qu'il les a peut-être excités !

NOTES D'ENQUÊTE 5

	DOCTEUR GRAHAM		NOOR ANWAR (ÉPOUSE AL THANI)	
Temps 1 2003-2006	Professeur-chercheur en chirurgie réparatrice rattaché à l'IMROB		Stagiaire post-doctorale en biomatériaux rattachée à l'IMROB	
Temps 2 2007-…	Titulaire de la chaire CRC-SuD		Agente de liaison et chargée des protocoles de soins pour :	
	Chirurgien et chercheur en biomatériaux réparateurs		Estetika Clinics & Spas (M. Al Abbas de Derma Nova)	New Life (Mme Al Abbas, sœur de Noor Anwar)
	Chirurgies et essais cliniques	Missions humanitaires	Chirurgies esthétiques (clandestines ?)	Fondation humanitaire
	Montréal	Pakistan	Singapour	Pakistan, Moyen-Orient et Asie

Source : L. Beaudoin.

– qui, grâce au mariage de sa sœur, entre dans la famille
Al Abbas et trouve un travail en lien direct avec ses
compétences ;
– qui, grâce à son propre mariage arrangé, entre dans la
famille du mollah Al Thani dont on ne sait rien, mais
qui est certainement en lien (d'affaires ?) avec le clan Al
Abbas ;
– qui, grâce à ses liens avec Jean-François Graham, contribue à la course aux innovations biomédicales lucratives.

*Ce qu'il faut trouver : le temps 1 de l'histoire, c'est-à-dire l'évé-
nement déclencheur.*

Mardi, 20 h

J'ai brandi le drapeau blanc quand Josette est entrée. Mon
humeur n'était pas à la tempête et, de plus, elle agitait un sac
de chez Faita contenant notre pique-nique : une salade de cal-
mars, un *vitello tonnato* avec *pisi e prosciutto*, un *tiramisu* et une
demi-bouteille d'Amarone.

Nous avons mangé en silence. Parfois les mots doivent
attendre.

Puis, là, dans cette atmosphère feutrée, j'ai allumé.

— Félix, c'est pas juste le changement d'école et sa nouvelle réalité d'adolescent, hein ? Il s'est fait écœurer pour vrai dans la cour d'école à cause de la mort de Goyette !

Alors Josette est venue s'asseoir près de moi, dans ce pauvre lit d'invalide, et m'a raconté l'histoire d'un petit garçon qui, en devenant adolescent, s'est vite trouvé confronté à deux versions d'une même histoire ; dans l'une, le truand est la victime et son policier de père est l'assassin.

— Il vient d'apprendre que choisir son camp a un coût, a-t-elle conclu.

L'histoire de Josette était trop simple. Elle manquait de réalisme, de cruauté surtout.

— Qu'est-ce qu'ils lui ont fait ?

— Des petites insultes, des farces plates.

— Tu banalises, Josette. Ça peut pas être juste du petit niaisage. Il s'est fait harceler, intimider. C'est correct pour toi, ça ?

— Non, mais…

— Je suppose qu'il s'est fait taxer son chandail des Canadiens ?

— Ben…

— Il s'est-tu fait tabasser ?

— Nooon !

— Parce qu'il s'est pas fait casser la gueule, qu'il s'est pas fait violer, faut trouver ça normal ?

J'étais fou de rage.

— Pis tu m'as rien dit ! Depuis des semaines, Félix paye pour ce que moi, j'ai fait. Tabarnak, Josette ! Félix était en danger pis toi pis sa mère, vous avez rien fait ? En plus, vous m'avez rien dit ! Celle-là, je suis pas près de te la pardonner. Je les connais, les racailles qui racolent avec Goyette. Je sais de quoi ils sont capables. C'est des bandits, des manipulateurs qui sont à la recherche de suiveux pour faire prospérer leur commerce de merde. Tu comprends pas qu'il y en a qui se font du capital de sympathie en maltraitant Félix ? Félix peut pas s'en sortir tout seul.

— Il était pas tout seul. On était là. Puis ses amis aussi étaient là.

— Ses amis ! Comment tu veux que trois, quatre petits *nerds* fassent le poids contre des brutes épaisses ?

— Félix a certainement bien réagi puisque les choses sont en train de se tasser.

— Qu'est-ce que ça veut dire, en train de se tasser ? Qu'il a plié ? Qu'il s'est imposé ? Pis de toute façon, vous aviez pas le droit de pas m'en parler. Je suis pas juste l'ex de sa mère, je suis son père.

— Vincent, on…

— ON, ON ! Arrête avec ton ON ! Mon ex pis mon amie forment une coalition contre moi, pis ça aussi, ça devrait être normal ?

— Qu'est-ce que t'aurais fait si ON te l'avait dit ? T'aurais envoyé la police pour le défendre ?

— J'aurais…

— T'aurais voulu quoi, toi, à son âge ?

Je n'ai rien ajouté, aveuglé par l'image de mon fils agressé, terrorisé. Puis je me suis vu à 12 ans : une petite force tranquille, mais une force quand même.

Et d'un seul coup, j'ai su que Félix ferait face.

— N'empêche ! Je peux pas faire comme si de rien n'était. C'est grave, ce qui est arrivé à Félix, ai-je rétorqué à Josette pour ne pas accepter trop facilement ses arguments.

— Félix est pas un enfant renfrogné ni secret. Il va t'en parler en temps voulu. D'ici là, il va sans doute te raconter son premier but au soccer, comment il a bravement intercepté le ballon et peut-être même comment il a plaqué au sol un grand de 3e secondaire qui en a eu les genoux en sang. Et là, tu lui feras ton plus beau sourire, tu lui diras que tu es fier de lui, qu'il est ton champion, que toi aussi tu jouais au ballon à son âge et que l'été prochain tu nous emmèneras voir jouer les Juventus de Turin *live*.

— WO! T'en fais un peu trop là!

— Une femme s'essaye.

N'empêche qu'elle m'a fait rêver. L'été prochain, en Italie... Pourquoi pas?

Mardi 9 octobre 2012, 22 h 28
De : Vincent Bastianello
À : Félix Bastianello

Je sais que tu dors à cette heure-ci, mais je pense à toi.
Bonne journée, mon grand.

Papa

Mercredi 10 octobre 2012, 01 h 47
De : Laurent Beaudoin
À : Vincent Bastianello

Un dernier cadeau avant ton retour au travail : un certain Jean-François Graham est inscrit sur la liste des passagers d'un vol à destination de Singapour le 6 juin 2007.
Aucun voyage dans ce pays de rêve avant, mais il s'y rend régulièrement depuis.

Tu m'en dois une…

Laurent Beaudoin
Enquêteur, SPVM

Depuis quand tous les chemins mènent-ils à ⌇Singapour⌇ ?

NOTES D'ENQUÊTE 6 : LE TEMPS 1'

	DOCTEUR GRAHAM		NOOR ANWAR (AL THANI)	
Temps 1 été 2006			Départ [pour le Pakistan, le Qatar, Singapour?] et mariage avec Al Thani	
2006-2007			Estetika Clinics & Spas	New Life
Temps 1' 6 juin 2007	Premier voyage à Singapour			
Temps 2 novembre 2007	Octroi de la chaire			
	Montréal	Pakistan	Singapour	Pakistan, Moyen-Orient et Asie

Source : L. Beaudoin.

DONC : avant, pendant ou à cause d'un voyage à Singapour, le brillant docteur Graham a fait quelque chose de suffisamment glorieux aux yeux d'un richissime industriel du Qatar pour en être largement gratifié. Cette gratification s'est matérialisée sous la forme d'une chaire, négociée et entérinée, venant sceller un pacte à long terme qui inclut de fréquents voyages à Singapour. Et son lot de privilèges, de devoirs et de contraintes.

Qu'est-ce qu'une action glorieuse pour chacune des parties ?

*

J'ai eu beau tourner cette question dans tous les sens, je ne vois qu'une seule réponse plausible : <u>une chirurgie pour un grand brûlé</u>.

Une chirurgie clandestine dans une clinique de Singapour…

1) Qui est le grand brûlé que Graham a réparé ?
2) Pourquoi le docteur Graham a-t-il été choisi ?
3) Pourquoi sceller un pacte à long terme en octroyant une chaire coûteuse et contraignante alors que Estetika Clinics & Spas a certainement tout le personnel en place ?

⎰ Cherchez encore l'erreur ! ⎰

Le rôle de Noor Anwar Al Thani fait toujours tache dans ce pacte. En tant que femme mariée, à un mollah qui plus est, elle devrait être tenue loin des tractations qui impliquent son ex-patron.

*

Je me sens comme un chien pisteur tenu en laisse. Les soins, les suivis médicaux, les repas entravent mon travail. Enfermé dans ma chambre d'hôpital, je suis engagé dans une poursuite qui ne tolère aucun ralentissement. Je n'ai plus de bons mots pour les infirmières ni pour les aide-soignants. Tout me dérange. Si je pouvais fermer la porte à clé…

La tension est l'ennemie des muscles, *dixit* mademoiselle Levac qui a dû me (et se) tordre dans tous les sens pour que mes muscles se détendent. Sans grand succès. J'étais impatient, énervé et agressif.

— Je vous comprends d'être déçu que votre chirurgie ait été reportée. Mais il y a du positif ; pendant ce temps-là, votre genou greffé guérit. On a fait des progrès, quoi que vous en pensiez. Ça devrait vous encourager.

— Ce qui me décourage, c'est que je perds confiance en Graham. Il peut pas abandonner ses patients comme ça.

Jacynthe Levac n'a pas trouvé la vraie cause de ma mauvaise humeur, mais l'effet a quand même été bénéfique. Voulant défendre son patron, elle m'a appris certaines choses.

La litanie des positifs : un excellent médecin, un humaniste, un homme bon. Peu de grands patrons s'adressent au « petit personnel » avec simplicité et cordialité. L'esprit d'équipe, c'est grâce à lui. L'implication de tous les paliers d'intervenants, c'est grâce à lui. Le sentiment d'appartenance, encore lui. Les expériences internationales enrichissantes itou.

Le roulement à billes de l'Institut.

Ça me tanne !

— Arrêtez ! Si vous continuez, je vais croire que vous avez couché ensemble.

— Nooon ! Vous avez pas le droit de dire ça !

— Pardon, mais moi, j'y vois pas que du positif à votre bonhomme. Il endort tout le monde sous ses allures nobles, mais au bout du compte, vous savez rien de lui. Vous trouvez ça normal, vous, qu'il passe autant de temps au travail ? Il a pas de vie !

Vite, il fallait que mademoiselle Levac restaure l'image du bon docteur Graham. Quoi de mieux qu'une confidence ?

— Je vais vous raconter une anecdote pour que vous compreniez quel genre d'homme il est. En tout cas, moi, c'est depuis ce moment-là que j'éprouve de la compassion – oui, de la compassion – pour lui.

Blabla convenu… C'était le soir du party de Noël de l'Institut. Toute l'équipe était réunie pour une petite réception sans flafla. À la fin, Levac et Graham, tous deux sans attaches, sont restés pour fermer la salle et ont partagé un fond de bouteille.

— Et là, il m'a déballé son sac. En toute sincérité.

Annoncé comme ça, je m'attendais à du croustillant. Mais non. Amours impossibles (motifs religieux, différences culturelles), rupture dramatique, grosse déprime, voilà notre bon docteur abandonné, inconsolable et irrémédiablement célibataire. Sortez vos mouchoirs !

— Ben voyons ! Tout ça, c'était du baratin pour vous mettre dans son lit !

— C'est vraiment une obsession chez vous. Non ! Le docteur Graham voulait simplement se confier. Ce soir-là, je l'ai compris. Il est de ceux qui ne sont pas faits pour les amours à la chaîne, qui se donnent à fond dans une relation et qui, si elle échoue, s'accomplissent à travers d'autres causes. Si vous voulez tout savoir, ici, tout le monde a du respect pour son choix de vie. Il a pas sauté sur la première venue pour se consoler et il le fera pas non plus. Peut-être qu'un jour, il trouvera…

Mais pour le moment, il veut pas ça. Malgré sa gentillesse, il garde ses distances sans aucune ambiguïté et tout le monde le laisse tranquille. En fait, c'est la chaire qui a mis du baume sur sa plaie, et il s'est vraiment épanoui en implantant le système des missions humanitaires.

— Et c'était quand, ça ?

— Son histoire malheureuse, je sais pas trop, mais le party, en décembre 2007. Je m'en souviens parce que…

Ainsi, le docteur, inconsolable, marine dans son célibat depuis tout ce temps ? Mon œil !

Faut être une fille pour croire ça !

Josette non plus n'a pas pu y croire.

(Qu'est-ce qu'elle fait celle-là, qu'elle arrive pas avec le souper ?)

Mercredi, 20 h

Non, on n'a pas parlé des amours du docteur Graham. Josette est arrivée avec une nouvelle qui m'a fait enrager.

— Je resterai pas longtemps, mais je vais être là demain quand tu vas sortir du bloc.

C'est comme ça que j'ai appris que je suis inscrit sur la liste des chirurgies du docteur Graham demain en fin d'après-midi. Il a préféré passer la voir plutôt que de se rendre au chevet de son patient. Belle conscience professionnelle !

J'ai explosé.

Tout y est passé : le docteur Graham qui m'a négligé et qui ne pense qu'à ses intérêts, les infirmières incompétentes qui ont oublié de m'informer, Josette qui me trahit encore et toujours.

D'autant plus qu'avec cette nouvelle vient un corollaire : une chirurgie le jeudi en fin d'après-midi rend impossible la visite de Félix samedi. Au mieux, elle l'emmènera dimanche, mais ils ne pourront pas rester longtemps. Félix, qui a besoin de moi et à qui je ferai encore défaut…

Après ce coup de massue, le coup de couteau : le rappel des supplices, des brouillards et des angoisses qui m'attendent.

Puis le découragement – ce mot qui contient la rage.

Josette a soupiré puis attendu que la colère passe.

— Qu'est-ce que le docteur Graham est allé faire à Singapour ?

— Un colloque, je crois.

— Niaise-moi pas.

— C'est une histoire compliquée, Vincent, et j'aime mieux rien savoir.

— JOSETTE !

— « Le paradis a un prix. » C'est ce qu'il m'a dit. Singapour, c'est une sorte de paradis.

— Ben faudrait savoir ! Il y est allé pour le travail ou pour le Nirvana ?

— Peut-être pour l'un et l'autre. Ça s'est déjà vu, un homme heureux à cheval sur deux mondes en conflit. Tu penses pas ?

Pas la peine de répliquer que tout s'est déjà vu !

Et que je ne fais que ça, y penser !

Au diable les somnifères ! Bastianello, t'as jusqu'à demain 16 h pour trouver les pièces qui complètent le casse-tête du monde parallèle du docteur Graham. Alors, accroche-toi !

*

NOTES D'ENQUÊTE 7

Selon Josette, le docteur Graham est un homme heureux. Il est peut-être un peu ébranlé par une quelconque entourloupe, mais s'il se maintient à cheval sur deux mondes « en conflit », c'est que son univers est malgré tout équilibré. Or, pour qu'il y ait équilibre, il faut que tous y trouvent leur compte.

Qui gagne quoi ?

DOCTEUR GRAHAM	DERMA NOVA
– L'argent et le prestige d'une chaire de recherche. – L'accès à de nombreux patients pour tester ses protocoles sans devoir passer par toutes les contraintes éthiques (fondation New Life) → avoir une longueur d'avance pour obtenir des brevets. – Des bénéfices pour tous les chercheurs de l'IMROB.	– La primeur des résultats cliniques du docteur Graham et de son équipe (investissement largement rentabilisé par une de ses filiales). – Une longueur d'avance sur d'autres entreprises pour la mise en marché de matériaux paramédicaux. – Un accès sur demande au savoir-faire exceptionnel du chirurgien Graham.

D'accord, l'entente est profitable aux deux parties, qui y gagnent à la hauteur de leurs investissements respectifs. Mais cela n'explique rien du malaise de Graham. Bien sûr, s'il y avait rupture de contrat, il y aurait des pertes, mais des deux côtés. Graham perdrait son financement privilégié ; Derma Nova perdrait les primeurs et le savoir-faire du chirurgien. Mais chacun s'en remettrait, c'est-à-dire que la survie professionnelle de chacun ne dépend pas de l'existence de l'autre.

> Alors, qu'est-ce qui maintient la structure en équilibre dans le temps ?

*

Équilibre = tension
　　　　= pression
　　　　= compromission

Samedi dernier, j'ai écrit :
– qu'a fait le docteur Graham (de déviant) pour mériter une admiration si lucrative ?
– que doit-il faire (de déviant) pour conserver ses privilèges ?

Oui, pour que l'équilibre soit maintenu, il faut qu'au moins le docteur Graham soit compromis dans l'aventure.

Je vais dormir là-dessus – après avoir posé une dernière question.

Jeudi 11 octobre 2012, 04 h 21
De : Laurent Beaudoin
À : Vincent Bastianello

Ça m'a coûté cher !
Le 28 mai 2007, l'armée américaine a débusqué un campement terroriste à la frontière entre l'Afghanistan et le Pakistan. Selon diverses sources, le chef du clan, le mollah Jallal bin Hamad Al Thani, aurait été tué, mais son corps n'a jamais été retrouvé. Il n'est donc pas officiellement mort.
J'espère que ce n'est pas une fausse piste.

Ta facture s'allonge encore !

Laurent

Laurent Beaudoin
Enquêteur, SPVM

Al Thani ! Je l'avais oublié, lui !

L'antithèse de la famille Al Abbas-Anwar. L'obscurité, les souterrains, l'anonymat.

Mais des manigances et des trafics convergents ?

Il n'a quand même pas marié Noor Anwar par amour !

NOTES D'ENQUÊTE 8

Le temps 1 révisé : une période de temps au cours de laquelle une série d'événements fortuits ou programmés ont conduit le docteur Graham à se compromettre jusqu'au cou.

Été 2006	Départ de Noor Anwar et mariage avec Al Thani.
2006-2007	Travail au sein de Estetika et de New Life à Singapour.
28 mai 2007	Disparition de Al Thani dans une embuscade américaine.
6 juin 2007	Premier voyage de Graham à Singapour.
Novembre 2007	Signature de l'entente sur la CRC-SuD avec Derma Nova.
Décembre 2007	Graham proclame son célibat volontaire et définitif pour que les marieuses lui foutent la paix.

Tout s'emboîte parfaitement.

Relation gagnant–gagnant
chaire–chair

Docteur Graham ◄———► Derma Nova ◄———► Noor Anwar		
Avoir accès à Noor Anwar.	S'assurer la « fidélité » professionnelle de Graham.	Avoir accès à Jean-François Graham.

En révisant mes notes, j'ai trouvé le chaînon manquant…

ÉLÉMENTAIRE, MON CHER BASTIANELLO !

*

En fin de compte, Noor Anwar s'est bien démerdée, entre son intégriste de mari disparu, la nettement moins pieuse famille Al Abbas ouverte à tout ce qui ramène de l'argent au moulin Derma Nova, et son amant occidental qui a développé un bel esprit de famille…

Et moi ?
J'ai joué le jeu de l'enquêteur cloué au fond de son lit.
Le jeu de qui ? Et pourquoi ?

Cher docteur Graham,

Laissez-moi vous raconter une histoire. Avec un fond de vérité, quelques improvisations et une morale.

[L'action se passe à Singapour – si l'action s'était passée ailleurs, certains protagonistes auraient eu une espérance de vie plus limitée. Singapour, donc, un pays neutre, loin des guerres religieuses, géopolitiques et familiales ; un pays où l'argent n'attire pas plus de suspicion qu'un couple illégitime. Un pays refuge. Un paradis. Mais pour s'y faire accepter, il y a beaucoup de limites éthiques à outrepasser et de barrières à lever.]

Il était une fois un brillantissime chirurgien-plasticien et chercheur en reconstruction cellulaire totalement dédié à son travail. Un humaniste aussi, qui avait fait avec conviction le serment d'Hippocrate. Ses activités se divisaient en deux parties : l'une était consacrée au service de ses patients et l'autre, plus ambitieuse, à la recherche appliquée au traitement d'individus qu'on aurait laissés pour morts il y a quelques décennies à peine. Or, la recherche coûte cher et le financement ne vient pas toujours d'organismes désintéressés. Mais, malgré les contraintes, la machine était bien huilée et fonctionnait à un bon rythme.

Surgit un beau jour une stagiaire pakistanaise aussi intelligente qu'éblouissante, tout droit sortie des contes des Mille et une nuits. Shéhérazade en chair et en os, de corps et d'esprit. Noor Anwar, l'incarnation de la brillante et dévouée disciple que tout grand professeur attend. « Quand les esprits se rencontrent, les corps se touchent », disait Einstein (ou quelqu'un d'autre. Ou moi.).

Cependant, tout stage a une fin et l'étudiante dut retourner dans son pays (ou ailleurs). Rupture déchirante. D'autant plus que le savant chirurgien savait fort bien qu'il ne la retrouverait pas au détour d'un colloque ou lors d'une escale. La femme de sa vie, promise à un mollah par une branche de sa famille qui fournit des fonds (des médicaments? du matériel paramédical? des armes?) de tous bords tous côtés, deviendrait totalement limitée dans ses mouvements et surtout dans ses accointances.

Tristesse! Mort dans l'âme!

Pourtant, moins d'un an plus tard, le chirurgien reçoit un téléphone (c'est le moyen de communication qui laisse le moins de traces) : Shéhérazade demande à le voir. Immédiatement. À Singapour – quel étrange lieu! Sans hésitation, il saute dans le premier avion. Un inconnu (je fais intervenir un inconnu pour élever le niveau dramatique) l'attend à l'aéroport et l'informe que s'il sauve un (saint?) homme brûlé vif au combat, il aura droit à une récompense. Il pourra voir son ancienne maîtresse, laquelle a eu un fils, non pas de son répugnant mari, mais de son ancien amant. Vous me l'avez dit, docteur : la paternité est une bien lourde responsabilité!

Le brillant chirurgien y met toute sa science et son cœur pour que l'homme recherché par toutes les armées occidentales s'en tire (et se tire – enfin, c'est ce que j'aurais fait).

Le chirurgien a tellement ébloui la galerie qu'on aurait été prêt à lui offrir un contrat longue durée si tout s'était passé dans un monde ouvert et libre. Mais les coutumes ancestrales et les intérêts de la multinationale étant ce qu'ils sont, on préfère le lier à distance, avec des chaînes en or, il va sans dire.

Les dirigeants de Derma Nova, l'entreprise aux multiples ramifications et moyens de pression, ont élaboré un plan suffisamment machiavélique pour que l'homme transfère les résultats de ses recherches en douce et nettoie sa conscience à grands coups d'aide humanitaire, tout en acceptant de pratiquer à l'occasion des chirurgies clandestines. En contrepartie, on lui offrait beaucoup d'argent et la garantie que sa maîtresse et son fils seraient à l'abri des sautes d'humeur de la belle-famille.

Un happy ending, vous dites?

Les grands manitous de votre destin ont-ils fait peser sur l'un ou l'autre une menace insoutenable ou ont-ils simplement joué la carte romantique pour vous entraîner dans une spirale dont il vous est impossible de sortir?

Non! Vous ne voulez pas en sortir. Le danger et la peur sont de puissants aphrodisiaques, n'est-ce pas?

Combien de terroristes, de seigneurs de guerre, de trafiquants d'armes avez-vous réparés depuis l'été 2007? Que savez-vous des gisants anonymes qui sont offerts au grand couturier que vous êtes? Certainement qu'ils sont les plus puissants, les plus admirés, les plus vénérés de tout le Moyen-Orient. Les mieux armés, les plus cruels aussi. Et eux, que savent-ils de vous? Cela ne vous inquiète-t-il pas?

Au fait, docteur, vous êtes parmi les rares à savoir sous quel visage le mollah Al Thani a survécu à l'embuscade et à ses brûlures. Cela ne doit pas être très rassurant, non?

Avec la montagne de mensonges et d'omerta qui pèse sur vous, je comprends que vous ayez besoin de massages!

Mais pourquoi, docteur Graham, vouliez-vous tant me faire découvrir votre histoire ? Peut-être aviez-vous besoin que je vous dise tout le mal que je pense de vous ? Peut-être vouliez-vous simplement avoir la preuve que si vos supérieurs avaient vraiment voulu connaître le prix de votre chaire, ils auraient pu facilement y parvenir, comme moi j'y suis parvenu, enfermé dans un hôpital par-dessus le marché ? Un problème de conscience soudain ? Le besoin d'un confident avec qui partager votre secret ? Une quête d'absolution ?
Je ne suis pas curé et votre crime d'honneur et d'éthique m'intéresse assez peu, au fond. Moi, vous savez, la misère des riches...

Bien cordialement,

Vincent Bastianello
Patient de la chambre R-3124 de l'Hôtel-Dieu de Montréal

Jeudi 11 octobre, 14 h 30

Quelle enquête ?

Cloué dans un lit d'hôpital depuis des semaines, j'ai eu le temps de réaliser à quel point le calcul est conditionnel à la survie. Au centre de ce calcul, divers capitaux : l'argent, les relations humaines, le temps, l'énergie... Chacun cherche un retour sur son investissement, par la ruse, la séduction, la force.

Tous. À des degrés différents. Avec plus ou moins d'intelligence et d'efforts.

J'ai survécu dans ce lit d'hôpital grâce à ce calcul.
Primaire : avoir mes médicaments par tous les moyens.
Secondaire : contrôler mon environnement.
Tertiaire : chercher la sortie.

« J'espère qu'il y aura une sortie. S'il n'y en avait pas, écrire n'aurait aucun sens. » (Haruki Murakami, *Flipper, 1973*.)

J'ai toujours cru que j'étais devenu un as dans l'art de poser la bonne question de la bonne manière à la bonne personne par déformation professionnelle. La relation de confiance avec les uns, la menace ou le mensonge avec d'autres ; l'indifférence, le déni, le rejet font aussi marquer des points. Mais un don pour trouver la bonne question n'est rien s'il n'est pas assorti à une réelle connaissance de la nature humaine. Et à la capacité de faire des liens, des hypothèses, des déductions.

J'ai ce talent. Tout au long de ma carrière, je l'ai utilisé pour traquer des voleurs de vie, mais j'aurais pu l'utiliser autrement. Ce que j'ai trouvé au sujet du docteur Graham est à la portée de tout journaliste de terrain, de toute personne curieuse ou intéressée. Ce qui distingue le travail des policiers de celui des amateurs : les conséquences. Je ne suis pas devenu policier pour le plaisir de résoudre des énigmes, même si plaisir il y a. Je suis devenu policier pour neutraliser des ordures, les faire payer, les anéantir. De mon lit d'hôpital, j'ai joué les amateurs. Il n'y aura pas de conséquences. Juste le petit contentement de voir que je sais encore faire.

Jeudi, 15 h 30

Le docteur Graham vient de sortir de ma chambre et dans une trentaine de minutes on m'emmènera dans son bloc. « Une simple visite de courtoisie », m'a-t-il annoncé. Menteur !

— Malgré quelques approximations, votre histoire se tient. « Elle » me l'avait dit, vous êtes aussi déterminé que doué. J'en ai déduit que mon histoire vous exciterait.

— J'avais d'autant plus besoin d'être excité que vous m'aviez inventé une petite dépression…

— Vos favorites s'inquiétaient tellement pour vous !

— Vous croyez que vous avez une vie palpitante. Je la trouve juste… triste !

— Comprenez bien : nous formons, Noor et moi, un véritable couple. Atypique, mais un couple solide tout de même.

Je n'avais rien à répondre. C'était sa vie, et il ne faisait qu'accidentellement partie de la mienne.

— Ce qui me gêne dans nos accommodements – oh, juste un peu –, ce n'est pas que le processus d'accréditation des protocoles ne passe pas par nos comités d'éthique locaux ; les patientes sont mieux traitées dans nos cliniques humanitaires qu'elles ne le seraient ailleurs. Ce n'est pas non plus le fait de devoir mentir par omission à mes collègues de l'Institut. Ni même de pratiquer à l'occasion quelques chirurgies délicates. Ce qui me gêne, c'est la vie que nous imposons à notre fils. Un garçon de 5 ans, qui ne m'appelle pas encore papa et qui grandit dans un univers où il y a trop d'argent. Oui, ce qui me gêne, c'est ce débordement d'argent qui nous lie, Noor, Samy et moi.

— Je ne voudrais pas être dans votre peau !

— Vous l'êtes quand même un peu. Grâce à cette lettre, nous sommes désormais solidaires, non ?

C'est à ce moment-là que j'ai vu le piège que Graham m'avait tendu et dans lequel je m'étais jeté tête baissée. Au-delà de ses espérances d'ailleurs, puisqu'il avait en main la preuve que j'avais reconstitué la partie sombre de sa vie.

— J'avais besoin que vous découvriez la vérité pour toutes les raisons que vous avez évoquées. C'est rassurant de constater que si une quelconque organisation avait cherché à savoir ce qui se cache sous l'obtention de mes fonds de recherche, elle aurait trouvé. Et c'est bien de partager un lourd secret avec quelqu'un qui en comprend toutes les implications. Mais faites encore un effort, inspecteur.

— Vous croyez peut-être que je pourrais réagir s'il vous arrivait malheur ?

— C'est vrai, vous sauriez où chercher. Mais je ne crains rien. L'entente avec Derma Nova repose sur la confiance mutuelle, scellée par ma relation avec Noor. Je suis presque de la famille après tout. Officiellement, je reçois des subventions que j'utilise au grand jour, selon des règles strictes et avec toute la compétence qui m'est reconnue internationalement. Tout aussi officiellement, j'ai choisi Singapour comme lieu de retraite pour me reposer et écrire des articles scientifiques. Il n'a jamais été question d'y faire des chirurgies, personne ne m'a jamais vu dans une salle d'opération, mon nom n'apparaît sur aucune fiche de paie. Je n'y ai même pas de compte bancaire. Vous n'avez donc pas à vous inquiéter pour moi à ce sujet.

— Alors quoi ?

— Un rien. Un seul petit caillou dans ma chaussure…

— En ce qui me concerne, qu'il y reste.

— Le mari de Noor, un individu dangereux qui se cache dans les montagnes pour planifier des attentats, croit que « son fils » perpétuera un jour son nom et sa mission divine. Ça m'embête un peu…

Un petit caillou, un petit embêtement… Que de légèreté tout d'un coup !

— J'aimerais tellement que Noor soit officiellement veuve et que notre fils ne croule pas sous le poids d'un nom maudit ! a-t-il ajouté en soupirant, les yeux tournés vers le ciel comme une prière.

Cette phrase n'avait rien du souhait lancé dans le cosmos. Elle renfermait un programme qui m'était adressé sciemment.

— Le mollah est vieux, à ce qu'on dit, et il mène une vie dangereuse. Il ne devrait pas tarder à mourir. Soyez patient !

— Samy est légalement son fils et à sept ans, il aura l'âge de raison. Donc l'âge d'être initié aux préceptes guerriers de la loi coranique. Noor craint qu'Al Thani veuille le récupérer, même si cela a toujours été exclu du contrat. Si cela s'avère, rien ne pourra l'en empêcher.

— Je n'avais donc pas halluciné ! Je vous ai bel et bien entendu discuter de l'urgence d'agir, un soir dans ma chambre.

— Vous êtes père vous aussi. Vous comprenez dans quel état nous sommes lorsque notre enfant risque de nous échapper. Il n'y a pas de code moral qui tient.

— Mon bon docteur, faites ce que vous dicte votre conscience !

— Intervenir moi-même mettrait la vie de beaucoup de monde en danger. Je dois être en tout point fidèle à mes engagements.

— …

— Inspecteur Bastianello, vous m'avez déjà fait un long laïus sur la morale à deux vitesses, sur l'aveuglement volontaire, sur l'inaction coupable. Je suis curieux de voir ce que vous, l'irréprochable justicier, ferez de notre petit secret, ajouta-t-il en déposant une enveloppe sur mon lit.

— Je n'en ferai rien !

— On verra. Mais ce n'est pas l'idée que je me suis faite de vous.

— Josette a une très mauvaise perception de moi.

— Ah ! Josette. Une charmante compagne, avec qui j'ai partagé de bons moments. L'attention qu'elle vous porte m'aura été utile. Je ne saurais pas dire exactement quand j'ai cessé de vous voir comme un simple patient et quand est apparue l'image de l'enquêteur magnanime et déterminé, mais j'ai vite réalisé que j'avais sous la main un atout précieux. Chère Josette, qui a cru que nous travaillions de concert pour vous sortir de votre torpeur… Ma démarche était nettement moins altruiste, je m'en excuse. Du moins en ce qui concerne ma vie privée. Parce que pour ce qui est de votre traitement médical, vous avez droit au top du top. À ce propos, vous serez suivi par mon résident après la chirurgie d'aujourd'hui, puisque j'ai des conférences à donner sur les résultats cliniques de mes biomatériaux performants. Une partie de vous m'accompagnera donc de par le monde, inspecteur. Et, j'en suis convaincu, je serai aussi dans vos pensées.

J'avais devant moi un homme encore plus redoutable que ce que j'avais imaginé et je ne souhaitais qu'une chose : qu'il sorte de ma chambre et disparaisse de ma vie. Je l'ai congédié.

— Vous pouvez continuer à faire votre excellent travail, docteur. Pour ma part, je vais consacrer toutes mes énergies à sortir d'ici au plus vite. Et reprendre ma vie là où je l'avais laissée. Après tout, elle « nous » convenait très bien.

*

L'enveloppe que m'a remise Graham contient deux photos du mari de Noor, le mollah Al Thani. Avant et après. Deux photos que toutes les agences de renseignements de la planète voudraient avoir. Je comprends maintenant le sens qu'il accorde aux termes « secret » et « solidarité » : il veut que Al Thani soit éliminé sans que lui, sa compagne et leur fils en subissent les contrecoups ni que son plan d'affaires soit compromis. Et pour cela, je dois servir d'indic.

Ai-je le choix ?

J'ai de longues semaines devant moi pour y réfléchir…

Pour le moment, je dois régler mes comptes avec Josette. À mon réveil, elle aura lu ma lettre ainsi que mon journal et les documents qu'il contient.

Sarà quel che sarà[1] !

Jeudi, 16 h 15

J'arrive au bout de ce carnet. C'était bien. Ressasser le passé pour mieux vivre le présent et entrevoir l'avenir. C'est maintenant terminé. Je sais ce qui m'attend et je n'aurai plus besoin de m'épancher.

Je serai docile, discipliné, motivé.

Je vais serrer les dents et travailler fort.

Je serai attentif et attentionné envers le personnel, mais ne laisserai pas passer une minute de trop pour demander mes analgésiques.

Un œil sur l'horloge, l'autre sur la porte qui mène à la sortie.

Parce que je sais désormais que

« tout est bien qui ne finit pas, va ». (Réjean Ducharme, *Dévadé*.)

---

1. Advienne que pourra !

RÉFÉRENCES

C. Échinard et J. Latarjet (dir.), *Les brûlures*, Paris, Masson, 2010.

Laboratoire d'organogénèse expérimentale (*LOEX*), Université Laval, [www.loex.qc.ca/recherche.php].

Center for International Research on Integrative Biomedical Systems (CIBiS), université de Tokyo, [iis.u-tokyo.ac.jp/cgi/teacher.cgi ?prof_id=takeuchi&eng=1].

« Metre-long cell-laden microfibres exhibit tissue morphologies and functions », *Nature Materials*, vol. 12, 2013, p. 584-590.

REMERCIEMENTS

Je tiens à exprimer chaleureusement ma gratitude à Robert Giroux et à toute l'équipe de Triptyque pour leur appui, leur confiance et leurs conseils judicieux depuis le jour où mon premier roman a été accepté pour publication. Je remercie également Jean-Michel Théroux avec qui j'amorce avec bonheur une nouvelle étape dans ma production littéraire. Ce roman porte l'empreinte de cette collaboration où cent fois sur le métier… Un merci tout spécial à mes premières lectrices, Marty Laforest, Catherine Villeneuve et Pierrette Thibault, qui, successivement, m'ont permis de resserrer l'intrigue et de peaufiner le texte. Je remercie finalement ceux à qui j'ai emprunté, avec leur consentement ou à leur insu, des mots, des images ou des faits, notamment Alex, Chiara, Donald, Gynette, Hélène, Joëlle, Laurent, Marie-Andrée, Marty, Raymond et Valérie.

DE LA MÊME AUTEURE

Romans

Épidermes, Montréal, Triptyque, 2007.
Peaux de chagrins, Montréal, Triptyque, 2009.
Pwazon, Montréal, Triptyque, 2011.
Peaux de soie, Montréal, Triptyque, 2015.

Textes courts

« Peaux de chagrins », *Mœbius*, n° 121, 2009, p. 89-102.
« Dante, de la rue à l'enfer », *Nuit Blanche*, n° 139, 2015, p. 26-28.
« Lettre à Murakami Haruki », *Mœbius*, n° 148, 2016, p. 129-134.

Direction littéraire : Jean-Michel Théroux

Révision : Véronique Desjardins
Composition et infographie : Isabelle Tousignant
Conception graphique : KX3 Communication

*

Diffusion pour le Canada : Gallimard ltée
3700A, boul. Saint-Laurent
Montréal (Québec) H2X 2V4
Téléphone : 514 499-0072   Télécopieur : 514 499-0851
Distribution : Socadis

Diffusion pour la France et la Belgique :
DNM (Distribution du Nouveau-Monde)
30, rue Gay-Lussac, 75005 Paris
France
http://www.librairieduquebec.fr
Téléphone : (33 1) 43 54 49 02 Télécopieur : (33 1) 43 54 39 15

Groupe Nota bene
2200, rue Marie-Anne Est
Montréal (Québec) H2H 1N1
info@groupenotabene.com
www.groupenotabene.com

ACHEVÉ D'IMPRIMER
CHEZ MARQUIS IMPRIMEUR INC.
À MONTMAGNY (QUÉBEC)
EN AOÛT 2016
POUR LE COMPTE DU GROUPE NOTA BENE

Ce livre est imprimé sur du papier silva 100 % recyclé.

Dépôt légal, 3ᵉ trimestre 2016
Bibliothèque et Archives nationales du Québec
Bibliothèque et Archives Canada